国韵故事汇

过昭关

春秋战国故事十六则

上海图书馆 编

生活·讀書·新知 三联书店

图书在版编目(CIP)数据

过昭关:春秋战国故事十六则/上海图书馆编.
—北京:生活·读书·新知三联书店,2017.12
(国韵故事汇)
ISBN 978 – 7 – 108 – 06153 – 9

Ⅰ.①过…　Ⅱ.①上…　Ⅲ.①历史故事 – 作品集 – 中国　Ⅳ.①I247.81

中国版本图书馆 CIP 数据核字(2017)第 279272 号

责任编辑　成　华　王婧娅
封面设计　刘　俊
责任印刷　黄雪明
出版发行　生活·讀書·新知 三联书店
　　　　　(北京市东城区美术馆东街 22 号)
邮　　编　100010
印　　刷　常熟文化印刷有限公司
版　　次　2017 年 12 月第 1 版
　　　　　2017 年 12 月第 1 次印刷
开　　本　650 毫米×900 毫米　1/16　印张　13.5
字　　数　117 千字
定　　价　29.00 元

编者的话

本丛书原为上海图书馆所藏、于 20 世纪上半叶由大众书局刊行的"故事一百种",其内容多选自《东周列国志》《三国演义》《水浒传》《隋唐演义》《说岳全传》《英烈传》等经典作品,并结合民国时期的语言、见解、习俗进行了不同程度的改写,既通俗易懂、妙趣横生,又留有一番古典韵味,是中华传统文化及语言的珍贵遗存。

初时,各则故事独成一册,畅销非常,重印达十数版之多。因各册页数较少,不易保存,今多已散佚,全国范围内,仅上海图书馆藏有较多品种。现将故事根据所述朝代重新整理分册,将竖排繁体转为横排简体,并修正了其中的漏字、错字、异体字,根据现代汉语语言规范对标点符号进行了统一处理。

为还原特定时代的故事面貌与语言韵味,编者仅就明显的语言错误做出修正,在保证文从字顺的基础上,尽可能遵照原文。书中所述历史人物与事件,或有与史实相出入处,也视为虚构文学作品予以保留,并未擅自修改。此外,还保留了原书中的全部插图,以飨读者。

目录

周室东迁

话说，周朝自武王伐纣，即天子位，一直传到宣王。宣王崩后，其子宫涅登位，唤作幽王。这幽王性情暴戾，喜欢声色。大夫赵叔带进谏，幽王将赵叔带免官斥逐。后来又有个大夫褒珦，自褒城来，听说赵叔带被逐，急忙入朝进谏，幽王将珦囚于狱中。自此谏诤路绝，贤豪解体。

却说，一个卖桑木弓、箕草袋的男子，拾了个女孩，逃奔褒地，欲行抚养。因乏乳食，恰好有个名叫姒大的妻子，生女不育，就送些布匹之类，转乞此女过门，抚养成人，取名褒姒。论年纪虽则一十四岁，身材长成，倒像十六七岁及笄的模样，更兼目秀眉清，相貌生得很好。

一天，褒珦之子洪德偶然来到乡间，凑巧褒姒在门外汲水。洪德大惊道："如此穷乡，乃有此等丽色！"因私计："父亲囚于镐京狱中，三年尚未释放。若得此女贡献天子，可以赎父罪矣。"遂于邻舍访问姓名，归家告母

周平王宜臼

卖弓本者

曰:"吾父以直谏忤主,非犯不赦之罪。今天子荒淫无道,购四方美色,以充后宫。有姒大之女,非常绝色,若多将金帛买来献上,此救父出狱之计也。"其母曰:"此计如果可行,何惜财帛?汝当速往!"洪德遂亲至姒家,与姒大讲就布帛三百匹,买得褒姒回家,好生看待,食以膏粱之味,饰以文绣之衣,教以礼数。携至镐京,先用金银打通虢公关节,求其转奏言:"臣珦自知罪当万死,珦子洪德,痛父死者不可复生,特访求美人,名曰褒姒,进上以赎父罪。万望吾王赦宥!"幽王闻奏,即宣褒姒上殿,拜舞已毕,幽王抬头观看,姿容态度,果然十分美丽,龙颜大喜——四方虽贡献有人,不及褒姒万分之一——遂不通知申后,留褒姒于别宫,降旨赦褒珦出狱,复其官爵。从此,幽王与褒姒,立则并肩,饮则交杯,食则同器,无心去理国事,一连十日不朝。群臣伺候朝门者,皆不得望见颜色,莫不叹息而去,此乃幽王四年之事也。

幽王自从得了褒姒,居之琼台,约有三月,更不进申后之宫,早有人报知申后,如此如此。申后不胜其愤,忽一日引着宫娥径到琼台,正遇幽王与褒姒联膝而坐,并不起身迎接。申后忍气不过,便骂:"何方贱婢,到此浊乱宫闱!"幽王恐申后动手,将身挡于褒姒之前,代答曰:"此朕新取美人,未定位次,所以未曾朝见,不必发怒。"申后骂了一场,恨恨而去。褒姒问曰:"适来者何人?"幽王曰:"此王后也,汝明日可往谒之。"褒姒默然无言,至明日,仍不往朝正宫。

再说,申后在宫中忧闷不已,太子宜臼跪而问曰:"吾母贵为六宫之主,有何不乐?"申后曰:"汝父宠幸褒姒,全不顾妻妾之分,将来此婢得志,我母子无置足之处矣!"遂将褒姒不来朝见及不起身迎接之事,备细诉与太子,不觉泪下。

太子曰："此事不难。明日乃朔日,父王必然视朝,吾母可着宫人往琼台采摘花朵,引那贱婢出台观看,待孩儿将她毒打一顿,以出吾母之气。使父王嗔怪,罪责在我,与母无干也。"申后曰："吾儿不可造次,还须从容再商。"太子怀忿出宫。

次早幽王果然出朝,群臣贺朔,太子故意遣数十宫人往琼台之下,不问情由,将花朵乱摘。台中走出一群宫人拦住道："此花乃万岁栽种,与褒娘娘不时赏玩,休得毁坏,得罪不小!"这边宫人道："吾等奉东宫之令,要采花供奉正宫娘娘,谁敢拦阻?"彼此两下争嚷起来,惊动褒姒亲自出外观看,怒从心起,正要发作,不期太子突然而至,褒姒全不提防。那太子仇人相见,分外眼明,赶上一步,揪住乌云宝髻,大骂："贱婢!你是何等之人,无名无位,也要妄称娘娘,眼底无人!今日也教你认得我!"攥着拳便打。才打得几拳,众宫娥惧幽王见罪，一齐跪下叩首，高叫："千岁求饶！万事须看王爷面上！"太子亦恐伤命，即时住手。褒姒含羞忍痛，回入台中，已知是太子替母亲出气，双行流泪。宫娥劝解曰："娘娘不须悲泣，自有王爷做主。"话音未毕，幽王退朝，直入琼台，看见褒姒两鬓蓬松，眼流珠泪，问道："爱卿何故今日还不梳妆？"褒姒扯住幽王袍袖，放声大哭，诉称："太子引着宫人在台下摘花，贱妾又未曾得罪，太子一见贱妾，便加打骂。若非宫娥苦劝，性命难存！望乞我王做主！"说罢，呜呜咽咽，痛哭不已。那幽王心下倒也明白，谓褒姒曰："汝不朝其母，以致如此。此乃王后所遣，非出太子之意，休得错怪了人。"褒姒曰："太子为母报怨，其意不杀妾不止，妾一

身死不足惜，但自蒙爱幸，身怀六甲，已两月矣。妾之一命，即二命也！求王放妾出宫，保全母子二命。"幽王曰："爱卿请将息，朕自有处分。"即日传旨道："太子宜臼，好勇无礼，权发去申国，听申侯教训。东宫太傅、少傅等官，辅导无状，并行削职。"太子欲入宫诉明，幽王吩咐宫门："不许通报。"只得驾车自往申国去讫。申后久不见太子进宫，着宫人询问，方知已贬去申国。孤掌难鸣，终日怨夫思子，含泪过日。

却说，褒姒怀孕十月满足，生下一子。幽王爱如珍宝，名曰伯服，遂有废嫡立庶之意。奈事无其因，难于启齿。虢石父揣知王意，遂与尹球商议，暗通褒姒，说："太子既逐去外家，合当伯服为嗣！内有娘娘之言，外有我二人协力相扶，何愁事不成就？"褒姒大喜，笑言："全仗二卿同心维持。若得伯服嗣位，天下当与二卿共之。"褒姒自此密遣心腹左右，日夜伺申后之短，宫门内外，俱置耳目，风吹草动，无不悉知。

再说，申后自独居无侣，终日流泪。有一年长宫人，知其心事，跪而奏曰："娘娘既思想殿下，何不修书一封密寄申国，使殿下上表谢罪？若得感动万岁，召还东宫，母子相聚，岂不美哉？"申后曰："此言固好，但恨无人传寄。"宫人曰："妾母温媪，颇知医术，娘娘诈称有病，召媪入宫看脉。令带出此信使妾兄送去，万无一失。"申后依允，遂修起书信一通，内中大略言："天子无道，宠信妖婢，使我母子分离。今妖婢生子，其宠愈固。汝可上表佯认己罪：今已悔悟自新，愿父王宽赦。若天赐还朝，母子重逢，别作计较。"修书已毕，假称有病卧休，召温媪看脉。早有人报知褒姒，褒姒曰："此必有传递消息之事，俟温媪出宫，搜检其身，便知端的。"

却说，温媪来到正宫，宫人先已说知如此如此。申后将佯为诊脉，遂于枕边取出书信，嘱咐："星夜送至申国，不可迟误！"当下赐彩缯二端。温媪将那书信藏入怀中，手捧彩缯，洋洋出宫，被守门宫监盘住，问："此缯从何而得？"媪曰："老妾诊视后脉，此乃王后所赐也。"内监曰："别有夹带否？"曰："没有。"方欲放去，又有一人曰："不搜检，何以知其有无乎？"遂牵媪手转来。媪东遮西闪，似有慌张之色。宫监心疑，越要搜检。一齐上前，扯裂衣襟，那书角便露将出来。早被宫监搜出申后这封书，即时连人押至琼台，来见褒姒。褒姒拆书观看，心中大怒，命："将温媪锁禁空房，不许走漏消息。"却将彩缯二匹，手自剪扯，裂为寸寸。幽王进宫，见破缯破彩，问其来历。褒姒含泪而对曰："妾不幸身入深宫，谬蒙宠爱，以致正宫妒忌，又不幸生子，取忌益深。今正宫寄书太子，书尾云'别作计较'，必有谋妾母子性命之事，愿王为妾做主！"说罢，将书呈与幽王观看。幽王认得申后笔迹，问："谁为通书之人？"褒姒曰："现有温媪在此。"幽王即命："牵出。"不由分说，拔剑挥为两段。

是夜，褒姒又在幽王前撒娇撒痴说："贱妾母子性命，悬于太子之手。"幽王曰："有朕做主，太子何能为耶？"褒姒曰："吾王千秋万岁之后，少不得太子为君。今王后日夜在宫怨望咒诅，万一他母子当权，妾与伯服，死无葬身之地矣！"言罢呜呜咽咽，又啼哭起来。幽王曰："吾欲废王后太子，立汝为正宫，伯服为东宫，只恐群臣不从，如之奈何？"褒姒曰："臣听君，顺也；君听臣，逆也！吾王将此意晓谕大臣，只看公议如何？"幽王曰："卿言是也。"是夜褒姒先遣心腹传言与虢尹二人，来朝预办对答。

次日，早朝礼毕，幽王宣公卿上殿，开言问曰："王后嫉妒怨望，咒诅朕躬，难为天下之母，可以拘来问罪！"虢公父奏曰："王后六宫之主，虽然有罪，不可拘问。如果德不称位，但当传旨废之，另择贤德，母仪天下，实为万世之福。"尹球奏曰："臣闻褒姒德性贞静，堪主中宫。"幽王曰："太子在申，若废申后，如太子何？"虢石父奏曰："臣闻：'母以子贵，子以母贵。'今太子避罪居申，温清之礼久废，况既废其母，焉用其子？臣等愿扶伯服为东宫，社稷幸甚。"幽王大喜——传旨将申后退入冷宫，废太子宜臼为庶人；立褒姒为后，伯服为太子。如有进谏者，即系宜臼之党，治以重罪。此乃幽王九年之事。

两班文武，心怀不平，知幽王主意已决，徒取杀身之祸，无益于事，尽皆缄口。太史伯阳父叹曰："三纲已绝。周亡可立而待矣!"即日告老去位,群臣弃职归田者甚众。朝中唯尹球、虢石父、祭公一班佞臣在侧。幽王朝夕与褒姒在宫作乐。

褒姒虽篡位正宫,有专席之宠,从未开颜一笑。幽王欲取其欢,召乐工鸣钟击鼓,品竹弹丝,宫人歌舞进觞,褒姒全无悦色。幽王问曰:"爱卿恶闻音乐,所爱何事?"褒姒曰:"妾无所爱也。曾记昔日手裂彩缯,其声爽然可听。"幽王曰:"既喜闻缯裂之声,何不早言?"即命司库日进彩缯百匹,使宫娥有力者裂之,以悦褒姒。

可怪褒姒虽好裂缯,依旧不见笑脸。幽王问曰:"卿何故不笑?"褒姒答曰:"妾生平不笑。"幽王曰:"朕必欲卿一开笑口。"遂出令:"不拘宫内宫外,有能致褒后一笑者,赏赐千金。"虢石父献计曰:"先王昔年因西戎强盛,恐彼入寇,乃于骊山之下,置烟墩二十余所,又置大鼓数十架。但有贼寇,放起狼烟,直冲霄汉,附近诸侯,发兵相救。又鸣起大鼓,催趱前来。今数年以来,天下太平,烽火皆熄,吾主若要王后启齿,必须同后游玩骊山,夜举烽烟。诸侯援兵必至,至而无寇,王后必笑无疑矣。"幽王曰:"此计甚善。"乃同褒后并驾往骊山游玩,至晚设宴骊宫,传令:"举烽。"时郑伯友正在朝中,其时以司徒为前导,闻命大惊,急趋至骊宫奏曰:"烟墩者,先王所设以备缓急,所以取信于诸侯。今无故举烽,是戏诸侯也。异日,倘有意外,即时举烽,诸侯必不信矣。将何物征兵以救急哉?"幽王怒曰:"今天下太平,何事征兵?

朕今与王后出游骊宫，无可消遣，聊与诸侯为戏。他日有事，与卿无涉。"遂不听郑伯之谏，大举烽火，又擂起大鼓，鼓声如雷，火光烛天。畿内诸侯，疑镐京有变，一个个即时领兵点将，连夜赶至骊山。但闻楼阁中管龠之音，幽王与褒姒饮宴作乐，使人谢诸侯曰："幸无外寇，不劳跋涉。"诸侯面面相觑，卷旗而回。褒姒在楼上，凭栏望见诸侯忙去忙回，并无一事，不觉拊掌大笑。幽王曰："爱卿一笑，百媚俱生，此虢石父之力也！"遂以千金赏之。至今俗语相传"千金买笑"，盖本于此。

却说，申侯闻知幽王废申后立褒姒，上疏谏曰："昔桀宠妹喜以亡夏，纣宠妲己以亡商。王今宠信褒姒，废嫡立庶，既乖夫妇之义，又伤父子之情。桀纣之事，又见于今；夏商之祸，不在异日！望吾王收回乱命，庶可免亡国之殃。"幽王览奏，拍案大怒曰："此贼何敢乱言！"虢石父奏曰："申侯见太子被逐，久怀怒恨，今闻后与太子俱废，意在谋叛，故敢如此。"幽王曰："然则何以处之？"石父奏曰："申侯本无他功，因后进爵。今后与太子俱废，申侯亦宜贬爵，仍旧为伯。发兵讨罪，庶无后患。"幽王准奏，下令削去申侯之爵，命石父为将，欲举伐申之兵。

话分两头。申侯进表之后，有人在镐京探信，闻知幽王命虢公为将，不日领兵伐申，星夜奔回，报知申侯。申侯大惊曰："国小兵微，安能抵敌王师！"大夫吕章进曰："天子无道，废嫡立庶，忠良去位，万民皆怨，此孤立之势也。今西戎兵力方强，与申国接壤，主公速致书戎主，借兵向镐，以救王后，必要天子传位于旧太子。语云：'先发制人。'机不可失。"申侯曰："汝言甚当。"遂备下金缯一车，遣人赍书与犬戎借兵，许以破镐之日，府库金帛，任凭搬取。戎主曰："中国天子失政，申侯国舅，召我以诛无道，扶立东宫，此我志也。"遂发戎兵一万五千，分为三队：右先锋孛丁，左先锋满也速，戎主自将中军。枪刀塞路，旌旗蔽空。申侯亦起本国之兵相助，浩浩荡荡杀奔镐京而来，出其不意，将王城围绕三匝，水泄不通。幽王闻变，大惊曰："机不密，祸先发。我兵未起，戎兵先动。将如之何？"虢石父奏曰："吾王速遣人于骊山举起烽烟，诸侯救兵必至，内外夹攻，可取必胜。"幽王从其言，遣人举烽，诸侯之兵无片甲来者。盖因前被烽火所戏，是时又以为诈，所以皆不起兵也。

　　幽王见救兵不至，犬戎日夜攻城，谓石父曰："贼势未知强弱，卿可试之。朕当派壮勇，以继其后。"虢公本非能战之将，只得勉强应命，率领兵车二百乘，开门杀出。申侯在阵上望见石父出城，指谓戎主曰："此欺君误国之贼！不可走了。"戎主闻之曰："谁为我擒之？"孛丁曰："小将愿往。"舞刀拍马，直取石父，斗不上十回合，石父被孛丁一刀斩于车下。戎主与满也速一齐杀将前进，喊声大举，乱杀入城，逢屋放火，逢人举刀，连申侯也阻挡他不住，只得任其所为，城

中大乱。幽王未及派兵,见势头不好,以小车载褒姒和伯服,开后宰门出走。司徒郑伯友自后赶上,大叫:"吾王勿惊,臣当保驾。"出了北门,迤逦往骊山而去。途中又遇尹球来到言:"犬戎焚烧宫室,抢掠库藏,祭公已死于乱军之中矣。"幽王心胆俱裂。郑伯友再令举烽,烽烟透入九霄,救兵依旧不到。

犬戎兵追至骊山之下,将骊宫团团围住,口中只叫:"休走了昏君!"幽王与褒姒吓作一堆,相对而泣。郑伯友进曰:"事急矣!臣拼微命保驾,杀出重围,竟投臣国,以图后举。"幽王曰:"朕不听叔父之言,以至于此。朕今日夫妻父子之命付之叔父矣!"当下郑伯教人至骊宫前放起一把火来,以惑戎兵,自引幽王从宫后冲出。郑伯手持长矛,当先开路;尹球保着褒姒母子,紧在幽王之后。行不多时,早有犬戎小将古里赤拦住。郑伯咬牙大怒,便接住交战,战不数合,一矛刺古里赤于马下。戎兵见郑伯骁勇,一时惊散,约行半里，背后喊声又起，先锋孛丁引大兵追来。郑伯叫尹球保驾先行，亲自断后，且战且走，却被犬戎铁骑横冲，分为两截。郑伯困在垓心，全无惧怯，这根矛神出鬼没，但当先者无不着手。犬戎主教四面放箭，箭如雨点，不分玉石。可怜一国贤侯，竟死于万箭之下！左先锋满也速，早把幽王车仗掳住。犬戎主看见衮袍玉带，知是幽王，就在车中一刀砍死，并杀伯服。褒姒美貌饶死，以轻车载之，带归毡帐。尹球躲在车厢之内，亦被戎兵牵出斩首。统计幽王在位共一十一年。

这时申侯在城内，见宫中火起，忙引本国之兵入宫，一路扑灭。先将申后放出冷宫，巡到琼台，不见幽王褒姒踪迹。有人指说："已出北门去矣。"料走骊山，慌忙追赶，于路上正迎着戎主，车马相凑，说及："昏君已杀。"申侯大惊曰："孤初心只欲纠正王误，不意遂及于此！后世不忠于君者，必以孤为口实矣！"亟令从人收敛其尸，备礼葬之。

却说，申侯回到京师，安排筵席，款待戎主。库中宝玉，搬取一空，又敛聚金缯十车为赠，指望他满欲而归。谁想戎主把杀幽王一件，自以为不世之功，人马盘踞京城，终日饮酒作乐，绝无还军归国之意，百姓皆归怨申侯。申侯无可奈何，乃写密书三封，发人往三路诸侯处约会勤王。那三路诸侯，乃北路晋侯姬仇、东路卫侯姬和、西路秦君嬴开。又遣人到郑国，将郑伯死难之事，报知世子掘突，教他起兵复仇。

不在话下。

单说世子掘突,年方二十三岁,生得身长八尺,英毅非常。一闻父亲战死,不胜哀愤。遂素袍缟带,率车三百乘,星夜奔驰而来。早有探马报知犬戎主,预做准备。掘突一到,便欲进兵。公子成谏曰:"我兵兼程而进,疲劳未息,宜深沟固垒,待诸侯兵集,然后合攻。此万全之策也。"掘突曰:"君父之仇,礼不反兵,况犬戎志骄意满,我以锐击惰,无往不克。若待诸侯兵集,岂不慢了军心?"遂麾军直逼城下。城上偃旗息鼓,全无动静。掘突大骂:"犬羊之贼!何不出城决一死战?"城上并不答应。掘突喝教左右打点攻城。忽闻丛林深处,巨锣声响。一支军从后杀来,乃犬戎主定计,预先埋伏在外者。掘突大惊,慌忙挺枪来战。城上锣声又起,城门大开,又有一支来杀出。掘突前有孛丁,后有满也速,两下夹攻,抵挡不住,大败而走。戎兵追赶三十余里方回。

掘突收拾残兵,请公子成曰:"我不听卿言,以致失利,今计将安出?"公子成曰:"此去濮阳不远,卫侯老成经事,何不投之?郑卫合兵,可以得志。"掘突依言,吩咐:"往濮阳一路而进。"约行二日,尘头起处,望见无数兵车,如墙而至,中间坐着一位诸侯,锦袍金带,苍颜白发,飘飘然有神仙之态。那位诸侯,正是卫武公姬和,时已八十余岁矣。掘突停车高叫曰:"我郑世子掘突也。犬戎兵犯京师,吾父死于战场,我兵又败,特来求救。"武公拱手答曰:"世子放心,孤倾国勤王,闻秦晋之兵,不久亦当至矣。何忧犬羊哉?"掘突让卫侯先行,拨转车辕,重回镐京,离二十里,分两处下寨。教人打听秦晋二国军兵消息,探子报道:"西角上金鼓大鸣,车声轰地,绣旗上大书'秦'字。"武公曰:"秦爵虽附庸,然习于戎俗,军兵勇悍善战,犬戎之所畏也。"言未毕,北路探子又报:"晋兵亦至,已于北门立寨。"武公大喜曰:"二国兵来,大事济矣!"即遣人与秦晋二君相闻。须臾之间,二君皆到武公营中,互相劳苦。二君见掘突浑身素缟,问:"此位何人?"武公曰:"此郑世子也。"遂将郑伯死难与幽王被杀之事,述了一遍,二君叹息不已。武公曰:"老夫年迈无识,只为臣子,义不容辞,勉力来此,扫荡腥膻,全仗上国。今计将安出?"秦襄公曰:"犬戎之志,在于摽掠女子金帛而已。彼谓我兵初至,必不提防。今夜三更,宜分兵东南北三路攻打,独缺西门,放他一条走路。却教郑世子伏兵彼处,候其出奔从后掩击,必获全胜。"武公曰:"此计甚善。"

话分两头。再说,申侯在城中闻知四国兵到,心中大喜,遂与小周公咺密议:"只等攻城,这里开门接应。却劝戎主先将宝货金缯,差右先锋孛丁分兵押送回国,以削其势,又教左先锋满也速尽数领兵出城迎敌。"犬戎主认作好话,一一听从。

却说,满也速营于东门之外,正与卫兵对垒,约会明日交战，不期三更之后，被卫兵劫入大寨。满也速提刀上马，急来迎敌，其奈戎兵四散乱窜，双拳两臂，撑持不住，只得一同奔走。三路诸侯，呐喊攻城，忽然城门大开，三路车马一拥而入，毫无抵御。此乃申侯之计也。戎主在梦中惊觉，跨着马，径出西城，随身不数百人，又遇郑世子掘突拦住厮杀，正在危急，却得满也速收拾败兵来到，混战一场，方得脱身。掘突不敢穷追，入城与诸侯相见。恰好天色大明，褒姒不及随行，自缢而亡。

　　申侯大摆筵席，款待四路诸侯。只见首席卫武公推箸而起。谓诸侯曰："今日君亡国破，岂臣子饮酒之时耶？"众人齐声拱立曰："某等愿受教训。"武公曰："国不可一日无君，今旧太子在申，宜奉之以即王位。诸君以为何如？"襄公曰："君侯此言，文武成康之灵也。"世子掘突曰："小子身无寸功，迎立一事，愿效微劳，以成先司徒之志。"武公大喜。遂于席上草成表章，备下法驾。各国皆欲以兵相助，掘突

曰:"原非赴敌,安用多人? 只用本兵足矣。"申侯曰:"下国有车三百乘,愿为引导。"次日,掘突遂往申国,迎太子宜臼为王。

却说,宜臼在申,终日纳闷,正不知国舅此去吉凶如何。忽报:"郑世子赟着国舅申侯同诸侯,连名表章,奉迎还京。"心下倒吃了一惊。展开看时,乃知幽王已被犬戎所杀。父子之情,不觉放声大哭。掘突奏曰:"太子当以社稷为重,望早正大位,以安人心。"宜臼曰:"孤今负不孝之名于天下矣!事已如此,只索起程。"不一日到了镐京。国舅申侯引着卫晋秦三国诸侯同郑世子及一班在朝文武,出城三十里迎接。卜定吉日进城。宜臼见宫室残毁,凄然泪下。当下先见了申侯,禀命过了,然后服衮冕告庙,即王位,是为平王。

却说,犬戎自到镐京扰乱一番,识熟了中国的道路。虽被诸侯驱逐出城,其锋未曾挫折,又自谓劳而无功,心怀怨恨,遂大起戎兵,侵占周境。岐丰之地,半为戎有,渐渐逼近镐京,连月烽火不绝。又宫阙自焚烧之后,十不存五,颓墙败栋,光景甚是凄凉。平王因一来府库空虚,无力建造宫室,二来怕犬戎早晚入寇,遂萌迁都洛邑之念。一日朝罢,谓群臣曰:"昔王祖成王,既定镐京,又营洛邑,此何意也?"群臣齐声奏曰:"洛邑为天下之中,四方入贡,道路适均,所以成王命召公相宅,周公兴筑,号曰东都。宫室制度,与镐京同。每朝会之年,天下行幸东都,接见诸侯,此乃便民之政也。"平王曰："今犬戎逼近镐京,祸且不测,朕欲迁都于洛邑何如?"太宰咺奏曰："今宫阙焚毁,营建不易,劳民伤财,百姓嗟怨,西戎乘衅而起,何以御之? 迁都于洛邑,实为至便。"两班文武,俱以犬戎为虑,齐声曰："太宰之言是也。"唯司徒卫武公低头长叹。平王曰："老司徒何独无言?"武公乃奏曰："老臣年逾九十,蒙君王不弃老耄,备位六卿。若知而不言,是不忠于君也;若达众而言,是不和于友也。然宁得罪于友,不敢得罪于君:夫镐京左有崤函,右有陇蜀,披山带河,沃野千里,天下形胜,莫过于此。洛邑虽天下之中,其势平衍,四面受敌之地,所以先王虽并建两都,然宅西京以振天下之要留东都以备一时之巡。吾王若弃镐京而迁洛,恐王室自是衰弱矣!"平王曰："犬戎侵夺岐丰,势甚猖獗,且宫阙残毁。无以壮观,朕之东迁,实非得已。"武公奏曰："犬戎豺狼之性,不当引入卧闼。申公借兵失策,开门揖盗,使其焚烧宫阙,戮及先王,此不共之仇也。王今励志自强,节用爱民,练兵训武,效先王之北伐南征。俘彼戎主,以戏七庙,尚可湔雪前耻。若隐忍避仇,弃此适彼,我退一尺,敌进一尺,恐蚕食之忧不止于岐丰而已! 昔尧舜在位,茅舍土阶,京师壮观,岂在宫室? 唯吾王熟思之。"太宰咺又奏曰："老司徒乃安常之论,非通变之言也。先王怠政灭伦,自招寇贼,其事已不足深究。今王扫除煨炉,仅正名号,而府库空虚,兵力单弱,百姓畏惧犬戎,如畏豺虎。一旦戎骑长驱,民心瓦解，误国之罪，谁能任之？"武公又奏曰："申公既能召戎，定能退戎。王遣人问之，必有良策。"正商议间，国舅申公遣人赍告急表文来到。平王展开看之，大意谓："犬戎侵扰不已，将有亡国之祸，伏乞我王怜念瓜葛，发兵救援。"平王曰："舅氏自顾不暇，安能顾朕？东迁之事，朕今决矣。"乃命太史择日东行。卫武公曰："臣职在司徒，若主上一行，民生离散，臣之咎难辞矣！"遂先期出榜示谕百姓："如愿随驾东迁者，速做准备，一齐起程。"祝史作文，先将迁都缘由，祭告宗庙。

至期，大宗伯抱着七庙神主，登车先导。秦襄公闻平王东迁，亲自领兵护驾。百姓携老扶幼，相从者不计其数。

平王车驾至于洛阳，见市井稠密，宫阙壮丽，与镐京无异，心中大喜。京都既定，四方诸侯，莫不进表称贺，贡献方物。秦襄公告辞回国，平王曰："今岐丰之地，半被犬戎侵占，卿若能驱逐犬戎，此地尽以赐卿，少酬护卫之劳。"秦襄公稽首受命而归，即整顿戎马，为灭戎之计。不及三年，杀得犬戎七零八落。其大将孛丁、满也速等，俱死于战阵，戎主远遁西荒。岐丰一片尽为秦有，辟地千里，遂成大国。

话说，周襄王十二年，晋文公一日坐朝，谓群臣曰："昔日郑人无礼于孤，今又背晋向楚。吾欲合诸侯问罪何知？"先轸曰："诸侯屡动矣。今以郑故，又行征发，非所以靖中国也。况我军行无缺，将士用命，何必外求？"文公曰："秦君临行有约，必与同事。"先轸对曰："郑为中国咽喉，故齐桓公欲霸天下，每争郑地，今若使秦共伐，秦必争之，不如独用本国之兵。"文公曰："郑邻晋而远于秦，秦何不利焉？"乃使人以兵期告秦，约于九月上旬，同集郑境。

文公临发，以公子兰从行。兰乃郑伯捷之庶弟，昔年逃晋，化为大夫。及文公即位，兰周旋左右，忠谨无比，故文公爱近之。此行盖欲借为何导也。兰辞曰："臣闻：'君子虽在他乡，不忘父母之国。'君有讨于郑，臣不敢参与其事。"文公曰："卿可谓不背本矣。"乃留公子兰于东鄙——自此有扶持他为郑君之意。

晋师既入郑境，秦穆公亦引着谋臣百里奚，大将孟明视，副将杞子、逢孙、杨孙，等等，车二百乘来会。两下

合兵攻破郊关，直逼曲洧，筑长围而守之。晋兵营于函陵，
在郑城之西；秦兵营于氾南，在郑城之东。游兵日夜巡警，
樵采俱断，慌得郑文公手足无措。大夫叔詹进曰："秦晋合
兵，其势甚锐，不可与争。但得一舌辩之士，往说秦公，使之
退兵。秦若退师，晋势已孤，不足畏矣。"郑伯曰："谁可往说
秦公者？"叔詹对曰："佚之狐可。"郑伯命佚之狐，狐对曰：
"臣不堪也，臣愿举一人以自代，此人乃口悬河汉、舌摇山岳
之士。但是老不见用，主公若加以官爵，使之往说，不患秦
公不听矣。"郑伯问："是何人？"狐曰："考城人也。姓烛，名
武，年过七十，事郑国为圉正，三世不迁官，乞主公加礼而遣
之。"郑伯遂召烛武入朝，见其须眉尽白，伛偻其身，蹒跚其

步，左右无不含笑。烛武拜见了郑伯，奏曰：“主公召老臣何事？”郑伯曰：“佚之狐言，汝舌辩过人，欲烦汝说退秦师。”烛武再拜辞曰：“臣学疏才拙，当少壮时，尚不能建立尺寸之功，况今年老，筋力既竭，言语发喘，安能犯颜进说，动大国之听乎？”郑伯曰：“子事郑三世，老不见用，孤之过也。今封子为亚卿，强为寡人一行。”佚之狐在旁赞言曰：“大丈夫老不过时，委之于命，今君知先生而用之，先生不可再辞。”烛乃受命而出。

时二国围城甚急，烛武知秦东晋西，各不相照。是夜，命壮士以绳索缒下东门，径奔秦寨。将士把持，不容入见，

武从营外放声大哭，营吏擒来禀见穆公。穆公问："是谁人？"武曰："老臣乃郑之大夫烛武是也。"穆公曰："汝哭何事？"武曰："哭郑之将亡耳！"穆公曰："郑亡，汝安得在吾寨外号哭？"武曰："老臣哭郑兼亦哭秦。郑亡不足惜，独可惜者秦耳！"穆公大怒曰："吾国有何可惜？言不合理，即当斩首！"武面无惧色，从容而言曰："秦晋合兵临郑，郑之亡，不待言矣。若亡郑而有益于秦，老臣又何敢言。不唯无益，又且有损。况出兵劳师费财，以供他人之役乎？"穆公曰："汝言无益有损，何说也？"烛武曰："郑在晋之东界，秦在晋之西界，东西相距，千里之遥。秦东隔于晋，南隔于周，能越周晋而有郑乎？郑虽亡，尺土皆晋之有，于秦何涉？夫秦晋两国，比邻并立，势不相下。晋若强，则秦益弱矣。为人兼地，以自弱其国，智者计不出此。且晋惠公曾以河外五城许君，既入而旋背之，君所知也。君之施于晋者累世矣，曾见晋有分毫之报于秦乎？晋侯自复国以来，增兵设将，日务兼并为强。今日拓地于东，既亡郑矣，异日必思拓地于西，患且及秦。君不闻虞虢之事乎？假虞君以灭虢，旋反戈而及虞，虞公不智，助晋自灭，可不鉴哉？君之施晋，既不足恃；晋之用秦，又不可测。以君之贤智而甘堕晋之术中，此臣所谓'无益而有损'，所以痛哭者也！"

穆公静听良久，耸然动色，频频点首曰："大夫之言是也！"百里奚进曰："烛武辩士，欲难吾两国之好，君不可听之。"烛武曰："君若肯宽目下之围，订立盟誓，我国弃楚降秦。君如有东方之事，行李往来，取给于郑，犹君外府也。"穆公大悦，遂与烛武歃血为誓。反使杞子、逢孙、杨孙三将，留卒二千人助郑戍守，自己带兵回国。早有探骑报入晋营，文公大怒，狐偃进曰："秦虽去不远，臣请率偏师追击之，军有归心，必无斗志，可一战而胜也。既胜秦，郑必丧胆，将不攻自下矣。"文公曰："不可。寡人昔赖其力，以抚有社稷。且无秦，何患不能围郑？"乃分兵一半，营于函陵，攻围如故。郑伯谓烛武曰："秦兵之退，子之力也。晋兵未退，如之奈何？"烛武对曰："闻公子兰有宠于晋侯，若使人迎公子兰归国，以请成于晋，晋必从矣！"郑伯曰："此非老大夫亦不堪使也。"石申父曰："武劳矣，臣愿代一行。"乃携重宝出城，直叩晋营求见。文公命之入，石申父再拜，将重宝上献，致郑伯之命曰："寡君以密迩荆蛮，不敢显绝，然宝不敢离君侯之宇下也。君侯赫然震怒，寡君知罪矣！不腆之物，愿效赟于左右,寡君有弟兰,获侍左右,今愿因兰以乞君侯之怜。君侯使兰监郑之国。当朝夕在廷,其敢有二心?"文公曰:"汝离我于秦,明欺我不能独下郑也。今又来求成,莫非缓兵之计,欲俟楚救耶? 若欲我退兵,必依我二事方可。"石申父曰:"请君侯之命。"文公曰:"必迎立公子兰为世子,且献谋臣叔詹出来,方表汝诚心也。"石申父领了晋侯言语,入城回复郑伯。郑伯曰:"孤未有子,闻兰昔有梦征,立为世子,未当不可。但叔詹乃吾股肱之臣,岂可去孤左右?"叔詹对曰:"臣闻:'主忧则臣辱,主辱则臣死。'今晋人索臣,臣不往,兵必不解。是臣避死不忠,而遣君发忧辱也。臣请往。"郑伯曰:"子往必死,孤不忍也。"叔詹对曰:"君不忍于一詹,而忍

百姓之危困、社稷之陨坠乎？舍一臣以救百姓而安社稷，君何爱焉？"郑伯涕泪而遣之。

石申父同侯宣多，送叔詹于晋军，言："寡君畏君，二事俱不敢违。今使詹听罪于幕下，唯君侯处裁。且求赐公子兰为敝邑之世子，以终上国之德。"晋侯大悦，即命狐偃召公子兰于东鄙，命石申父、侯宣多在营中等候。晋侯命烹叔詹，叔詹善辩，晋侯赦之。

不一日，公子兰取至，文公告以相召之意，使叔詹同石申父、侯宣多等，即以世子之礼相见，然后跟随入城。郑伯立公子兰为世子，晋师方退。自是秦晋有隙。

到了周襄王二十四年，郑文公捷薨，群臣奉其弟公子兰即位，是为穆公。是冬，晋文公薨，世子欢即位，是为襄公。

话分两头。却说秦将杞子、逢孙、杨孙三人，屯戍于郑之北门。见晋国送公子兰归郑，立为世子，忿然曰："我等为他戍守，以拒晋兵，他又降服晋国，显得我等无功了。"遂密报本国，秦穆公心亦不悦，只疑着晋侯，敢怒而不敢言。及公子兰即位，待杞子等无加礼，杞子遂与逢孙、杨孙商议："我等屯戍在外，终无了期。不若劝吾主潜师袭郑，吾等皆可厚获而归。"正商议间，又闻晋文公亦薨，举手加额曰："此天赞吾成功也！"遂遣心腹人归秦，言于穆公曰："郑人使我掌管北门之锁钥，若遣兵潜来袭郑，我为内应，郑可灭也。晋有大丧，必不能救郑，况郑君嗣位方新，守备未修，此机不可失。"

秦穆公接此密报，遂与蹇伯及百里奚商议。二臣同声进谏曰："秦去郑千里之遥，非能得其地也，特利其俘获耳。

弦高

夫千里劳师，跋涉日久，岂能掩人耳目？若彼闻吾谋，而为之备，劳而无功，中途必有变。夫以兵戍人，远而谋之，非信也；乘人之丧而伐之，非仁也；成则利小，不成则害大，非智也。失此三者，臣不知其可也！"穆公不悦曰："寡人三置晋君，再平晋乱，威名著于天下。今晋侯即世，天下谁为秦难者？郑如困鸟依人，终当飞去，乘此时灭郑，何不利之有？"蹇叔又曰："君何不使人行吊于晋，因而吊郑，以窥郑之可攻与否？毋为杞子辈虚言所惑也。"穆公曰："若待行吊而后出师，往返之间，又几一载。夫用兵之道，疾雷不及掩耳，汝老悖何知？"乃阴约来人："以二月上旬，师至北门，里应外合，不得有误。"于是召孟明，视为大将，西乞术、白乙丙副之，挑选精兵三千余人、车三百乘袭郑。

三帅自冬十二月丙戌日出师，至明年春正月，从周北门而过。孟明曰："天子在是，虽不敢以戎事谒见，敢不敬乎？"传令左右，皆免胄下车。前哨牙将褒蛮子，骁勇无比，才过都门，即从平地超越登车，疾如飞鸟，车不停轨。孟明叹曰："使人人皆褒蛮子，何事不成？"众将士哗然曰："吾等何以不如褒蛮子！"于是争先攘臂呼于众曰："有不能超乘者，退之殿后！"——凡行军以殿为怯军，败则以殿为勇——此言殿后者，辱之也。一军凡三百乘，无不超腾而上者，登车之后，如疾风闪电一般，霎时不见。时周襄王使王子虎同王孙满往观秦师过讫，回复襄王。王子虎叹曰："臣观秦师，骁健如此,谁能敌者？此去,郑必无幸矣！"王孙满时年甚小,含笑而不言。襄王问曰:"尔童子以为何如？"满对曰:"礼过天子门,必卷甲束兵而趋。今止于免胄,是无礼也。又超乘而上,其轻甚矣。轻则寡谋,无礼则易乱。此行也,秦必失败。"

却说,郑国有一商人,名曰弦高,以贩牛为业。自昔王子颓爱牛,郑卫各国商人,贩牛至周,颇得重利。今日弦高尚袭其业。此人虽则商贾之流,倒大有爱国之心,排患解纷之略。只为无人荐引,屈于市井之中。今日贩了数百肥牛,往周买卖。行近黎阳津,遇一故人,名曰蹇他,乃新从秦国而来。弦高与蹇他相见,问:"秦国近有何事？"他曰:"秦遣三帅袭郑,以十二月丙戌日出兵,不久即至矣。"弦高大惊曰:"吾父母之邦,忽有此难。不闻则已,若闻而不救,万一宗社沦亡,我何面目回故乡耶？"遂心生一计,辞别了蹇他,一面使人星夜奔告郑国教迅速做准备,一面打点犒军之礼,选下肥牛二十头随身,余牛俱寄屯客舍。当即自乘小车,一路迎秦师上去,来至滑国,地名延津,恰好遇见秦兵前哨。弦高拦住前路,高叫:"郑国有使臣在此,愿求一见！"前哨报入中军,孟明倒吃一惊,想道:"郑国,如何便知我兵到来,遣使臣远远来接？且看他来意如何？"遂与弦高军前相见,弦高诈传郑君之命,谓孟明曰:"寡君闻三位将军,将行师出于敝邑,不腆之物,敬使下臣高远犒从者。敝邑居乎大国之间，外侮迭至，为至劳远戍，恐一旦不戒，或有不测，以得罪于上国。日夜警备，不敢安寝，唯执事谅之。"孟明曰："郑君既犒师，何无国书？"弦高曰："执事以冬十二月丙戌日出兵，寡君闻从者驱驰甚力，恐俟词命之修，或失迎犒，遂口授下臣，匍匐请罪，非有他也。"孟明附耳言曰："寡君之遣视，为滑故也，岂敢及郑？"传令："驻军于延津。"弦高称谢而退。

西乞、白乙问孟明："驻军延津何意？"孟明曰："吾师千里远涉，只以出郑人之不意，可以得志。今郑人已知吾出军之日，其为备也久矣。攻之则城固而难克，围之则兵少而无继，今滑国无备，不若袭滑而破之。得其财物，犹可远报吾君，师出不为无名也。"

是夜三更，三帅兵分作三路，并力袭破滑城。滑君奔翟，秦兵大肆掳掠，子女玉帛，为之一空。后人论此事，谓："秦师目中已无郑矣，若非弦高矫命犒师，以杜三师之谋，则灭国之祸，当在郑而不在滑也。"

却说，郑穆公接了商人弦高密报，犹未深信。时当二月上旬，使人往客馆，窥探杞子、逢孙、杨孙所为。则已收束车乘，厉兵秣马，整顿器械，人人装束，个个抖擞，只等秦兵到来，这里准备献门。使者回报，郑伯大惊，乃使老大夫烛武，先见杞子、逢孙、杨孙，各以金帛为赆。谓之曰："君等久居于敝邑，敝邑以供给之故，亦财力俱竭矣。今闻吾子戒严，意者，有行色乎？孟明诸将在周滑之间，盍往从之？"杞子大惊,暗思:"吾谋已泄,师至无功,反将得罪。不唯郑不可留,秦亦不可归矣。"乃托词以谢烛武,即日引亲随数十人,逃奔齐国。逢孙、杨孙亦奔宋国避罪。戍卒无主,屯聚于北门欲为乱,郑穆公使佚之狐多送行粮分散众人,导之还乡。郑穆公录弦高之功,拜为军尉,自此郑国安靖。

晋文公火烧绵山

周朝时候，晋献公之子重耳，因为献公听信骊姬谗言，逃避别国一十九年，直至周襄王十六年，幸赖从亡诸臣与秦国之力，得重返故国，立为晋君，是为文公。此时年已六十二岁矣。

却说，晋文公欲行复国之赏，乃大会群臣，分为三等：以从亡为首功，送款者次之，迎降者又次之。三等之中，又各别其劳之轻重，而上下其赏。第一等从亡中，以赵衰、狐偃为最；其他狐毛、胥臣、魏犨、狐射姑、先轸、颠颉，以次而叙。第二等送款者，以栾枝、郤溱为最；其他士会、舟之侨、孙伯纠、祁满等，以次而叙。第三等迎降者，郤步、杨韩简为最；其他梁繇靡、家仆徒、郤乞、先蔑、屠击等，以次而叙。无封地者赐地，有封地者益封。又出诏令于国门："倘有遗下功劳行叙者，许其自言。"小臣壶叔进曰："臣自蒲城相从主公，奔走四方，足踵俱裂，居则侍寝食，出则戒车马，未尝顷刻离左右也。今主公行从亡之赏，而不及于臣——意者臣有罪乎？"文公曰："汝来前，寡人为汝明之：夫

介子推

导我以仁义,使我肺腑开通者,此受上赏;辅我以谋议,使我不辱诸侯者,此受次赏;冒矢石,犯锋镝,以身卫寡人者,此复受次赏。故上赏赏德,其次赏才,又其次赏功。若夫奔走之劳,匹夫之力,又在其次,三赏之后,行且及汝矣。"壶叔愧服而退。

　　文公乃大出金帛,遍赏舆人仆隶之辈,受赏者无不感悦。唯魏犨、颠颉二人,自恃才勇,见赵衰、狐偃都是文臣,以辞令为事,其赏却在己上,心中不悦,口内稍有怨言。文公念其功劳,全不计较。又有介子推,原是从亡人数,他为人狷介无比,因渡河之时,见狐偃有居功之语,心怀鄙薄,耻居其列。自随班朝贺一次以后,托病居家,甘守清贫,躬自织屦,以侍奉其老母。晋侯大会群臣,论功行赏不见子推,偶尔忘怀，竟置不问了。邻人解张，见子推无赏，心怀不平，又见国门之上，悬有诏令："倘有遗下功劳未叙，许其自言。"特地叩子推之门，报此消息。子推笑而不答。老母在厨下闻之，谓子推曰："汝效劳十九年，且曾割股救君，劳苦不小，今日为何不自言？亦可得数十石粟米，岂不胜于织屦乎？"子推对曰："献公之子九人，唯主公最贤，惠公、怀公不德，天夺其助，以国归于主公。诸臣不知天意，争据其功，吾方耻之。吾宁终身织屦，不敢贪天之功，以为己力也！"老母曰："汝虽不求禄，亦宜入朝一见，庶不没汝割股之劳。"子推曰："孩儿既无求于君，何必去见？"老母曰："汝能为廉士，吾岂不能为廉士之母？吾母子当隐于深山，毋在市井中也。"子推大喜曰："孩儿素爱绵上，高山深谷，今当归此。"乃负其母

奔绵上，结庐于深谷之中，草衣木食，将终其身焉。邻舍无有知其去迹者，唯解张知之，乃作书夜悬于朝门。文公设朝，近臣收得此书，献于文公。文公读之，其词曰："有龙矫矫，悲失其所；数蛇从之，周流天下。龙饥乏食，一蛇割股；龙返于渊，安其壤土。数蛇入穴，皆有宁宇；一蛇无穴，号于中野！"

文公览毕，大惊曰："此介子推之怨词也！昔寡人过卫乏食，子推割股以进。今寡人大赏功臣，而独遗子推，寡人之过何辞？"即使人往召子推，子推已不在矣。文公拘其邻舍，诘问子推去处："有能言者，寡人并官之。"解张进曰："此书亦非子推之书，乃小人所代也。子推耻于求赏，负其母隐于绵上深谷之中。小人恐其功劳泯没，是以悬书代为表白。"文公曰："若非汝悬书，寡人几忘子推之功矣！"遂拜解张为下大夫，即日驾车，用解张为前导，亲往绵山，访求子推。只见峰峦叠叠，草树萋萋，流水潺潺，行云片片，林

鸟群噪,山谷应声,竟不得子推踪迹。正是:"只在此山中,云深不知处。"左右拘得农夫数人到来,文公亲自问之。农夫曰:"数日前,曾有人见一汉子,负一老姬,息在此山山脚,汲水饮之,复负之登山而去,今则不知所之矣。"

文公命停车于山下,使人遍访,数日不得。文公面有愠色,谓解张曰:"子推何恨寡人之深耶?吾闻子推甚孝,若举火焚林,必当负其母而出矣。"魏犨进曰:"从亡之日,众人皆有功劳,岂独子推哉?今子推隐身以要君,逗留车驾,虚费时日。待其避火而出,臣当羞

之。"乃使军士于山前山后,周围放火,火烈风猛,延烧数里,三日方息。子推终不肯出,母子相抱,死于枯柳之下。军士寻得其骨骸,文公见之,为之流涕,命葬于绵山之下,立祠祀之。环山一境之田,皆作祠田,使农夫掌其岁祀,改绵山曰介山。后世于绵上立县,谓之介休,言介子推休息于此也。

焚林之日,乃阴历三月五日清明之候。国人思慕子推,因其死于火,不忍举火,为之冷食一月,后渐减至三日。至今太原、上党、西河、雁门各处,每岁冬至一月五日,预作干粮,以冷水食之,谓之"禁火",亦曰"禁烟"。因以清明前一日为寒食节,过节家家插柳于门,以招子推之魂,或设野祭、焚纸钱,皆为子推也。

话说，春秋时，楚元王崇儒重道，招贤纳士，天下之人闻其风而归者，不可胜计。西羌积石山一贤士，姓左双名伯桃，幼亡父母，勉力攻书，养成济世之才，学就安民之业。年近四旬，因中国诸侯互相吞并，行仁政者少，恃强霸者多，未尝出仕。后闻得楚元王慕仁好义，遍求贤士，乃携书一囊，辞别乡中邻友，径奔楚国而来。

迤逦来到雍地，时值隆冬，风雨交作。左伯桃冒雨荡风行了一日，衣裳都沾湿了。看看天色黄昏，走向村间，欲觅一宵宿处，远远望见竹林之中，破窗透出灯光，遂奔这个去处。见矮矮篱笆，围着一间草屋，乃推开篱笆，轻叩柴门。中有一人启户而出。左伯桃立在檐下，慌忙施礼道："小人西羌人氏，姓左双名伯桃。欲往楚国，不期中途遇雨，无处投宿，求借一宵，来早便行，未知尊意肯容否？"那人闻言，慌忙答礼，邀入室内。伯桃视之，只有一榻，榻上堆积书卷，别无他物。伯桃已知亦是儒人，便欲下拜。那人道："且未可讲礼，容取火烘干衣服，却当会话。"当下烧竹为

羊角哀

火,伯桃烘衣。那人炊办酒食以供伯桃,意甚勤厚。伯桃乃问姓名,其人道:"小生姓羊,双名角哀,幼亡父母,独居于此。平生酷爱读书,农业尽废。今幸遇贤士远来,但恨家寒,无物款待,望乞恕罪。"伯桃道:"阴雨之中,得蒙遮蔽,更兼一饮一食,感佩何忘!"当夜二人抵足而眠,共话胸中学问,终夕不寐。

比及天晓,淋雨不止,角哀留伯桃在家,尽其所有相待,结为昆仲,伯桃年长角哀五岁,角哀拜伯桃为兄。一住三日,雨止道干,伯桃道:"贤弟有王佐之才,抱经纶之志,不图竹帛,甘老林泉,深为可惜。"角哀道:"非不欲仕,奈未得其便耳。"伯桃道:"今楚王虚心求士,贤弟既有此心,何不同往?"角哀道:"愿从兄长之命。"遂收拾些路费粮米,弃其茅屋,二人同往南方而进。行不两日,又值阴雨,歇身旅店中,盘费罄尽,只有行粮一包,二人轮换负着,冒雨而走。其雨未止,风又大作,变为一天大雪。

二人行过岐阳,道经梁山路,问及樵夫,皆说:"从此去百余里并无人烟,尽是深山旷野,狼虎成群,只好休去。"伯桃对角哀道:"贤弟心下如何?"角哀道:"自古道'死生有命',既然到此,只顾前进,休生退悔。"又行了一日。夜宿古墓中,衣服单薄,寒风透骨。次日雪越下得紧,山中仿佛盈尺。伯桃受冻不过,道:"我思此去百余里绝无人家,行粮不敷,衣单食缺。若一人独往,可到楚国,二人俱去,纵然不冻死,亦必饿死于途中,与草木同朽,何益之有?我将身上衣

服，脱与贤弟穿了，贤弟可独带此粮于途，强挣而去。我委实行不动了，宁可死于此地！待贤弟见了楚王，必当重用，那时却来葬我未迟。"

角哀道："焉有此理？我二人虽非同一父母所生，义气过于骨肉，我安忍独往而进身耶？"遂不许，扶伯桃而行。行不十里，伯桃道："风雪越紧，如何去得？且于道旁寻个歇处。"见一株枯桑，颇可避雪，那桑下只容得一人，角哀遂扶伯桃入去坐下。伯桃命角哀敲石取火，烧些枯枝以御寒气。等到角哀取了些火到来，只见伯桃脱得赤条条的，浑身衣服都做一堆放着。角哀大惊道："吾兄何为如此？"伯桃道："吾寻思无计矣，弟勿自误了，速穿此衣，负粮前去，我只在此守死。"角哀抱持大哭道："吾二人死生同处，安可分离？"伯桃道："若皆饿死，白骨谁埋？"角哀道："若如此，弟情愿解衣与兄穿，兄可带了粮去，弟宁死于此！"伯桃道："我平生多病，贤弟少壮，比我甚强，更兼胸中之学，我所不及，若见楚君，必登显宦，我死何足道哉？弟勿久留，可以速往！"角哀道："今兄饿死桑中，弟独取功名，此大不义之人也，我不为之。"伯桃道："我自离积石山，至弟家中，一见如故，知弟胸次不凡，以此劝弟求进。不幸风雪所阻，此吾天命当尽，苦使弟亦亡于此，乃吾之罪也。"言讫，欲跳前溪觅死。

角哀挨住痛哭，将衣拥护再扶至桑中，伯桃把衣服推开。角哀再欲上前劝解时，但见伯桃神色已变，四肢厥冷，口不能言，以手挥之令去。角哀再将衣服拥护伯桃，已是手直足挺，气息奄奄，渐渐欲绝。角哀寻思我若久恋，亦将死矣，死后谁葬吾兄？乃于雪中哭拜伯桃道："不肖弟此去，望兄阴力相助，但得微名，必当厚葬。"伯桃点头半答，少顷气绝。角哀只得取了衣粮，一步一回顾，悲哀哭泣去了。伯桃遂死于桑中。

角哀挨着寒冷，半饥半饱来至楚国，于旅店歇定。次日

入城问人道："楚君招贤,何由而进?"人道："官关外设一宾馆,令上大夫裴仲接纳天下之士。"角哀径投宾馆中来,正值上大夫下车,角哀乃向前而揖。裴仲见角哀衣虽褴褛,器宇不凡,慌忙答礼,问道："贤士何来?"角哀道："小生姓羊,双名角哀,雍州人也。闻上国招贤,特来归投。"裴仲邀入宾馆,具酒食以进,宿于馆中。次日,裴仲到馆中探望,将胸中疑义盘问角哀,试他学问如何。角哀百问百答,谈论如流,裴仲大喜,入奏元王。王即时召见,问富国强兵之道。角哀首陈十策,皆切当世之急务。元王大喜,设御宴以待之,拜为中大夫,赐黄金百两,彩缎百匹。角哀再拜流涕,元王大

惊问道："卿痛哭何也？"角哀将左伯桃脱衣并粮之事，一一奏知。元王闻其言为之感伤，诸大臣皆为痛惜。元王道："卿欲如何？"角哀道："臣乞告假，到彼处安葬伯桃。"元王遂赠已死伯桃为中大夫，厚赐葬资，差人跟随角哀车骑同去。

角哀辞了元王，径奔梁山地面寻旧日枯桑之处，果见伯桃死尸尚在，颜貌如生前一般。角哀乃再拜而哭，呼左右唤集乡中父老。卜地于浦塘之原，前临大溪，后靠高崖，左右诸峰环抱。遂以香汤沐浴伯桃之尸，穿戴大夫衣冠，置内外棺椁，安葬起坟，四围筑墙栽树。离坟三十步，建享堂，塑伯桃仪容；立华表，柱上建牌额；墙侧盖房屋，令人看守。建毕，设祭于享堂，哭泣甚切。乡老从人无不下泪。

祭罢，叹道："伯桃所以死于此者，恨俱死无益，而名不显于诸侯之故，今我亦何必再生世上？"即修表一道，上谢楚王，言："昔日伯桃并粮与臣，因此得活以遇吾王，重蒙厚爵，平生足矣。臣不肖，今愿舍生全交。伏乞圣主鉴其愚悃。"

词意甚切。表付从人，然后再到伯桃墓前大哭一场，遂掣取佩剑自刎而死。从者急救不及，只得具了衣棺殡殓，埋于伯桃墓侧。

从者回楚国，将此事上奏元王，元王感其义，又差官往墓前建庙，加封上大夫，敕赐庙额为"忠义之祠"。

过昭关

话说东周时候,楚平王听佞臣费无极之谗,欲杀世子建。太师伍奢素刚直,因谏平王,平王遂囚伍奢。

无极奏曰:"伍奢有二子,曰尚曰员,皆人杰也,若出奔吴国,必为楚患。何不使其父以免罪召之?彼爱其父,必应召而来,来则尽杀之,可免后患。"平王大喜,狱中取出伍奢,令左右援以纸笔,谓曰:"念汝祖父有功于先朝,不忍加罪。汝可写书,召二子归朝,改封官职,赦汝归田。"伍奢心知楚王挟诈,欲其父子同斩,乃对曰:"臣长子尚慈温仁信,闻臣召必来;少子员少好于文,长习于武,武能安邦,文能定国,蒙垢忍辱,能成大事。此前知之士,安肯来耶?"平王曰:"汝但如寡人之言,作书往召,召而不来,无与尔事。"奢遂当殿写信。

写毕,呈上平王看过,缄封停当,仍复收狱。平王遣鄢将师为使,驾驷马持封函印绶而来。到城父,见伍尚,口称:"贺喜!"尚曰:"父方被囚,何贺之有?"鄢将师曰:"王误信人言,囚系尊公,今有群臣保举,称:'君家三世

忠臣。'王内惭过听,外愧诸侯之耻,反拜尊公为相国,封二
子为侯,尚赐鸿都侯,员赏盖侯。尊公久系初释,思见二子,
故复作手书,遣某奉迎。必须早早就驾,以慰尊公之望。"伍
尚曰:"父在狱中,中心如割,得免为幸,何敢贪印绶哉?"将
师曰:"此王命也,君其勿辞。"伍尚大喜,乃将父书入室,来
报其弟伍员。

　　话说伍员,字子胥,生得身长一丈,腰大十围,目光如
电,有扛鼎拔山之勇,经文纬武之才,与兄尚随其父奢于城

父。是日，尚持父手书入内，与员观看，员曰："父得免死，已为至幸，二子何功，而复封侯？此诱我也，往必见诛。"尚曰："父现有手书，岂相诳哉？"员曰："吾父忠于国家，知我必欲报仇，故使并命于楚，以绝后虑。"尚曰："吾弟乃臆度之语，万一父书，果是真情，吾等不孝之罪何辞？"员乃仰天叹曰："与父俱诛，何益于事？兄必欲往，弟从此辞矣！"尚泣曰："弟将何往？"员曰："能报仇者，吾即从之。"尚曰："吾之智力，远不及弟，我当归楚，汝往他国。我以殉父为孝，汝以复仇为孝，从此各行其志，不复相见矣。"伍员拜了伍尚四拜，以当永诀。

尚拭泪出见鄢将师言："弟不愿封侯，不能强之。"将师只得同伍尚发车，既见平王，王并囚之。伍奢见伍尚单身归楚，叹曰："吾固知员之不来也！"无极又奏曰："伍员尚在，宜急捕之，迟且逃矣。"平王准奏，即遣大将武城黑，领精卒二

百人,往袭伍员。员探知楚兵来捕己,哭曰:"吾父兄果不免矣!"乃谓其妻贾氏曰:"吾欲逃奔他国,借兵以报父兄之仇,不能顾汝,奈何!"贾氏睁目视员曰:"大丈夫含父兄之怨,如割肺肝,何暇为妇人计耶!子可速行,勿以妾为念!"遂入户自缢。伍员痛哭一场,立葬其尸,收拾包裹,身穿素袍,贯弓佩剑而去。未及半日,楚兵已至,围其家,搜伍员不得,料员必东走,遂命御者疾驱追之。约行三百里,及至旷野无人之处,员乃张弓布矢,射杀御者,复注矢欲射武城黑。黑惧,下车欲走,伍员曰:"本欲杀汝,姑留汝命,归报楚王:'欲存楚国宗祀,必留我父兄之命,若其不然,吾必灭楚,亲斩楚王之头,以泄吾恨!'"武城黑抱头鼠窜,归报平王曰:"伍员已先逃矣！"平王大怒，即命费无极，押伍奢父子于市曹斩之。临刑，伍尚唾骂："无极谗言惑主，杀害忠良！"伍奢止曰："见危授命，人臣之识，忠佞自有公论，何以詈为？但员儿不至，吾虑楚国君臣，自今以后，不得安然朝食矣！"言罢引颈受戮。百姓观者，无不流涕。

　　平王问："伍奢临刑有何怨言？"无极曰："并无他语，但言：'伍员不至，楚国君臣，不能安食矣！'"平王曰："员虽走，必不远，宜更追之。"乃遣左司马沈尹戌率三千人，追其所往。

伍员行及大江，心生一计，将所穿白袍，挂于江边柳树之上，取双履弃于江边，足换芒鞋，沿江直下。沈尹戍追至江口，得其袍履，回奏："伍员不知去向。"无极进曰："臣有一计，可绝伍员之路。"王问："何计？"无极对曰："一面出榜四处悬挂，不拘何人，有能捕获伍员来者，赐粟五万石，爵上大夫，容留及纵放者，全家处斩。诏各路关津渡口，凡来往行人，严加盘诘。又遣使遍告列国诸侯，不得收藏伍员，彼进退无路，纵一时不能就擒，其势已孤，安能成其大事哉？"平王悉从其计，画影图形，访拿伍员，各关隘十分紧急。

再说，伍员沿江东下，一心欲投吴国，奈路途遥远，一时难以达到。又惧兵卒来追，一路昼伏夜行，千辛万苦，不能细述。行过陈国，知陈非驻足之处，复东行数日，将近昭关。那座关在小岘山之西，两山并峙，中间一口，为庐濠往来之冲。出了此关，便是大江通吴的水路了。此关形势险隘，原设有官把守，近因盘诘伍员，特遣右司马薳越，带领大军，驻扎于此。伍员行至历阳山，离昭关约六十里之程，息于深林，徘徊不进。忽有一父老携杖而来，径入林中，见伍员奇其貌，乃前揖之，员亦答礼。父老曰："君莫非伍氏子乎？"员大骇曰："何为问及于此？"父老曰："吾乃扁鹊之弟子东皋公也。自少以医术游于列国，今年老隐居于此。数日前薳将军有小恙，邀某往视。见关上悬有伍子胥形貌，与君正相似，是以问之。君不必讳，寒舍只在山后，请移步暂过，有话可以商量。"伍员知其非常人，乃随东皋公而行。约数里有一茅庄，东皋公揖伍员而入。进了草堂，伍员再拜。东皋公慌忙答礼曰："此尚非君停足之处。"复引至堂后西边，进一小篱笆门。过一竹园，园后有土屋三间，其门如窦，低头而入，内设床几，左右开小窗透光。东皋公推伍员上座，谓员曰："老夫但有济人之术，岂有杀人之心哉？此处虽住一年半载，亦无人知觉，但昭关设守甚严，公子如何可过？必思一万全之策，方可无虞。"员下跪曰："先生何计能脱我难？日后必当重报。"东皋公曰："此处荒僻无人，公子且宽留，容某寻思一策，送尔过关。"员称谢。

　　东皋公每日以酒食款待，一住七日，并不言过关之事。伍员乃谓东皋公曰："某有大仇在心，以刻为岁，迁延于此，

宛若死人！先生高义，岂不哀乎？"东皋公曰："老夫思之已熟，欲待一人未至耳。"伍员狐疑不决。

　　是夜寝不成寐，欲要辞了东皋公前行，恐不能过关，反惹其祸，欲待再住，又恐耽搁时日。所待者又不知何人？辗转寻思，反侧不安，身心如在芒刺之中，卧而复起，绕室而走，不觉东方发白。只见东皋公叩门而入，见了伍员，大惊曰："足下须鬓，何以忽然改色？得无愁思所致耶？"员不信，取镜照之，已苍然斑白矣。世传伍子胥过昭关，一夜愁白了头，非浪言也。员乃投镜于地，痛哭曰："一事无成，双鬓已斑。天乎！天乎！"东皋公曰："足下勿得悲伤，此乃足下佳兆也。"员拭泪问曰："何谓佳兆？"东皋公曰："公状貌雄伟，见者易识；今须鬓斑白，一时难辨，可以混过俗眼。况吾老友已请到，吾计成矣。"员曰："先生计将安出？"东皋公曰："吾友复姓皇甫名讷，从此西南七十里龙洞山居住。此人身长九尺，仿佛足下相似。教他假扮作足下，足下却扮为仆者，倘吾友被执，纷论之间，足下便可抢过昭关矣。"伍员曰："先生之计虽善，但累及贵友，于心不安。"东皋公曰："这个不妨，自有解救之策在后。老夫已与吾友备细言之，此君亦慷慨之士，直任无辞，不必过虑。"言毕，遂使人请皇甫讷至土室中，与伍员相见。员视之，果有三分相像，心中不胜之喜。东皋公又将汤药与伍员洗脸，变其颜色，捱至黄昏，使伍员解其素服，与皇甫讷穿之，另有紧身褐衣，与员穿着，扮作仆者。伍员拜了东皋公四拜:"异日倘有出头之日,定当重报。"东皋公曰:"老夫哀君受冤,故欲相脱。岂望报也?"员即跟随皇甫讷,连夜过昭关而行,黎明已到,正值开关。

却说,楚将蘧越坚守关门,号令:"凡北人东渡者,务要盘诘明白,方许过关。"关前画有伍子胥面貌查对,真个"水泄不通,鸟飞难过"。皇甫讷刚到关门,关卒见其状貌与图形相似,身穿素缟,且有惊悸之状,即时盘住,入报蘧越。越飞驰出关,遥望之曰:"是矣!"喝令左右一齐下手,将讷拥到关上。讷诈为不知其故,但乞放生。那些守关将士,及关前后百姓,初闻捉得子胥,尽皆踊跃观看。伍员乘关门大开,杂于众人之中。一来扰攘之际,二来装扮不同,三来子胥面色既改,须鬓俱白,老少不同,急切无人认得,四来都道子胥已获,便不去盘诘了。遂捱捱挤挤,混出关门。

再说,楚将蘧越,欲将皇甫讷绑缚拷打,责令供状,解去郢都。讷辩曰:"吾乃龙洞山下隐士皇甫讷也,欲从吾友东皋公出关东游,并无触犯,何故见擒?"蘧越闻其声音想道:"子胥目如电闪,声若洪钟。此人形貌虽然相近,其声低小,岂路途风霜所致耶?"

正疑惑间,忽报:"东皋公来见。"蘧越且押此人在一边,延东皋公入,各序宾主而坐。东皋公曰:"老汉欲出关东游,闻将军捉得亡臣伍子胥,特来称贺。"蘧越曰:"小卒拿得一人,貌类子胥,尚未肯招承。"东皋公曰:"将军与子胥父子,

共立楚朝，岂不能辨别真伪耶？"蓮越曰："子胥目如电闪，声若洪钟，此人目小而声雌，吾疑憔悴已久，失其旧态耳。"东皋公曰："老汉与子胥亦有一面，请借此人与吾辨之，便知虚实。"蓮越命取原因至前，讷望见东皋公急呼曰："公相期出关，何不早至？累我受辱！"东皋公笑谓蓮越曰："将军误矣！此吾乡友皇甫讷，约吾同游，期定关前相会，不意他先行一程。将军不信，老夫有过关文牒在此，岂可诬为亡臣耶？"言毕，即于袖中取出文牒，呈与蓮越观看。越大惭，亲释其缚，命酒压惊曰："此乃小卒识认不真，万勿见怪！"东皋公曰：

"此将军为朝廷执法,老夫何怪之有?"蘧越又取金帛相助,为东游之资。二人称谢下关。蘧越号令将卒,坚守如故。

再说,伍员过了昭关,心中暗喜,放步而走。至于鄂渚,渡过大江,遂入吴国境界,乃在街上吹箫乞食。后来辅佐吴王阖闾,得领兵破楚,竟报父兄之仇。

鱼肠剑

话说，吴国公子姬光，乃吴王诸樊之子。诸樊薨，光应嗣位，因守父命，欲按次传位于季札，故余祭夷昧以次相及。及夷昧薨后，季札不受国，仍该立诸樊之后，争奈吴王僚贪得不让，竟自立为王。公子光心中不服，潜怀杀僚之意，其如群臣皆为僚党，无与同谋，隐忍于中。乃求善相者，曰被离，举为吴市吏，嘱以谘访豪杰，引为己辅。

一日，伍员吹箫过于吴市，被离闻箫声甚哀，一再听之，稍辨其音。出见员，乃大惊曰："吾相人多矣，未见有如此之貌也！"乃揖而进之，逊于上坐。伍员谦让不敢，被离曰："吾闻，楚杀忠臣伍奢，其子子胥（按：伍员表字子胥）出亡外国。汝殆是乎？"员未对。被离又曰："吾非害汝者，吾见汝状貌非常，欲为汝求富贵地耳。"伍员乃诉其实。

有侍人知其事，报知王僚，僚召被离引员入见。被离一面使人私报姬光得知，一面使

伍员沐浴更衣，一同入朝，进谒王僚。王僚奇其貌，与之语，知其贤，即拜为大夫之职。次日，员入谢，道及父兄之冤，咬牙切齿，目中火出。王僚壮其气，意又怜之，许为兴师复仇。姬光素闻伍员智勇，有心收养他，闻先谒王僚，恐为僚所亲用，乃往见王僚曰："光闻楚之亡臣伍员，来奔我国，王以为何如人？"僚曰："贤而且孝。"光曰："何以见之？"僚曰："勇壮非常，与寡人筹策国事，无不中窍，是其贤也！念父兄之冤，未曾须臾忘报，乞师于寡人，是其孝也。"光曰："王许以复仇乎？"僚曰："寡人怜其情，已许之矣。"光谏曰："万乘之主，不为匹夫兴师。今若为子胥兴师，胜则彼快其愤，不胜则我受其辱，必不可。"王僚以为然，遂罢伐楚之议。

伍员闻光入谏之语，乃辞大夫之职不受。光又言于王僚曰："子胥以王不肯兴师，辞职不受，有怨望之心，不可用之。"僚遂疏伍员，听其自去。但赐以阳山之田百亩，员遂耕于阳山之野。

姬光私往见之，馈以米粟布帛，问曰："汝出入吴楚之境，曾遇有才勇之士，当如汝者乎？"员曰："某何足道，所见有专诸者，真勇士也。"光曰："愿因子胥得交于专先生。"员曰："专诸去此不远，当即召之，明旦可入谒也。"光曰："既是才勇之士，某即当造请，岂敢召乎？"乃与伍员同车共载，直造专诸之家。专诸方在街坊磨刀，为人屠猪，见车马纷纷，方欲走避。伍员在车上呼曰："愚兄在此。"专诸慌忙停刀，候伍员下车相见。员指公子光曰："此吴国长公子，慕吾弟英雄，特来造见，弟不可辞。"专诸曰："某闾巷小民，有何德能，敢烦大驾？"遂揖公子光而进。筚门蓬户，低头而入。公

鱼肠剑

子光先拜，致生平相慕之意。专诸答拜，光奉上金帛为贽，专诸固让，伍员从旁力劝，方才肯受。

　　自此专诸遂投于公子光门下，光使人日馈粟肉，日给布帛，又不时存问其家，专诸甚感其意。一日，问光曰："某村野小民，蒙公子豢养之恩，无以为报，倘有差遣，唯命是从。"光乃屏左右，述欲刺王僚之意。专诸沉思良久，对曰："凡轻举无功，必图万全。夫鱼在千仞之渊，而入渔人之手者，以香饵在也。欲刺王僚，必先投王之所好，乃能亲近其身。不知王所好何在？"光曰："好味。"专诸曰："味中最好者何？"光曰："尤好鱼炙。"专诸曰："某请暂辞。"公子光曰："壮士何往？"专诸曰："某往学治味，庶可近吴王耳。"

　　专诸往太湖学炙鱼，凡三月。尝其炙者，皆以为美。然后复见姬光，光乃藏专诸于府中。

　　姬光召伍子胥谓："专诸已精其味矣，何以得近吴王？"员对曰："夫鸿鹄所以不可制者，以羽翼在也。欲制鸿鹄，必先去其羽翼。吾闻公子庆忌，筋骨如铁，万夫莫当。王僚得一庆忌，且夕相随，尚且难以动手，况其母弟掩余、烛庸并握兵权，虽有擒龙搏虎之勇，鬼神不测之谋，安能成事！公子欲除王僚，必先去此三人，然后大位可图。不然，虽幸而成事，公子能安然在位乎？"光俯思半晌，恍然曰："君言是也。且俟有间隙，然后相议耳。"员乃辞去。

　　周敬王四年，楚平王薨，世子珍即位，是为昭王。伍员闻平王之死，捶胸大哭，终日不止。公子光怪而问曰："楚王，乃汝仇人，闻死当称快，何反哭之?"员曰："某非哭楚王也。恨吾不能斩彼之头，以雪吾恨。使得终牖下耳!"光亦为嗟叹。

员自恨不能及平王之身，报其仇怨，一连三夜无眠，中心想出一个计策来，谓姬光曰："公子欲行大事，何无隙可乘耶?"光曰："昼夜思之，未得其便。"员曰："今楚王新殁，朝无良臣，公子何不奏过吴王，乘楚丧乱之中，发兵南伐，可以图霸。"光曰："倘遣吾为将，奈何?"员曰："公子误为坠车而得足疾者，王必不遣，然后荐掩余、烛庸为将，更使公子庆忌结连郑卫，共攻楚国，此一网而除三翼，吴王之死在目下矣!"

鱼肠剑

光又问曰："三翼虽去，延陵季子在朝，见我行篡，能容说乎？"员曰："吴晋方睦，再令季子使晋，以窥中原之衅。吴王好大而疏于计，必然听从。待其远使归国，大位已定，岂能复议废立哉？"光不觉下拜曰："孤之得子胥，乃天赐也！"

次日，以乘丧伐楚之利，入言于王僚，僚欣然听之。光曰："此事某应效劳，奈因坠车而得足疾，方就医疗，不能任劳。"僚曰："然则何人可将？"光曰："此大事，非至亲信者不可托也。王自择之。"僚曰："掩余、烛庸可乎？"光曰："得人矣。"光又曰："向来晋楚争霸，吴为属国。今晋既衰微，而楚复屡败，诸侯离心，未有所归，南北霸权，将归于东。若遣公子庆忌往收郑卫之兵，并力攻楚，而使延陵季子聘晋，以观中原之衅，王简练舟师，以拟其后，霸可成也。"王僚大喜，使掩余、烛庸率师伐楚，季札聘于晋国，唯庆忌不遣。

单说掩余、烛庸引师二万，水陆并进，围楚潜邑。潜邑大夫坚守不出，使人入楚告急。时楚昭王新立，君幼臣谗，闻吴兵围潜，举朝慌急无措。公子申进曰："吴人乘丧来伐，若不出兵迎敌，示之以弱，启其深入之心。依臣愚见，速令左司马沈尹戍率陆兵一万救潜，再遣左尹郤宛率水军一万，从淮汭顺流而下，截住吴兵之后，使他首尾受敌，吴将可坐而擒矣。"昭王大喜，遂用公子申之计，调遣二将，水陆分道而行。

却说，掩余、烛庸围攻潜邑，谍者报："救兵来到！"二将大惊，分兵一半围城，一半迎敌。沈尹戍坚壁不战，教人四下将樵汲之路，俱用石子垒断，二将大惊。探马又报："楚将郤宛引舟师从淮汭塞断江口。"吴兵进退两难，乃分作两寨，为掎角之势，与楚将相持，一面遣人入吴求救。姬光曰："臣向者欲征郑卫之兵，正为此也。今日遣之，尚未为晚。"王僚乃使庆忌纠合郑卫，四人俱调开去了，单留姬光在国。伍员乃谓光曰："公子曾觅利匕首乎？欲用专诸，此其时矣！"光曰："然。昔越王允常，使欧冶子造剑五枚，献其二枚于吴，其一曰'鱼肠'。鱼肠，乃匕首也。形虽短狭，砍铁如泥。先君以赐我，至今宝之，藏于床头，以备非常。"遂出剑与员观之，员夸奖不已。即召专诸以剑付之。专诸不待开言，已知光意,慨然曰:"王僚可杀也! 二弟远离,公子出使,彼孤立耳,无如我何。但死生之际,不敢自主,候禀过老母,方敢从命。"专诸归视其母,不言而泣。母曰:"诸何悲之甚耶? 岂公子欲用汝耶? 吾举家受公子恩养,大德当报,忠孝岂能两全? 汝必亟往,勿以我为念! 汝能成人之事,垂名后世,我死亦不朽矣。"专诸犹依依不舍,母曰:"吾思饮清泉,可于河下取之。"专诸奉命汲泉于河,比及回家,不见老母在堂,问其妻。妻对曰:"姑适言困倦,闭户思卧,戒勿惊之。"专诸心疑,启户而入,老母自缢于床上矣!

专诸痛哭一场,收拾殡殓,葬于西门之外,谓其妻曰:"吾受公子大恩,所以不敢尽死者,为老母也。今老母已亡,吾将赴公子之急。我死,汝母子必蒙公子恩眷,勿为我牵挂。"言毕,来见姬光,言母死之事。光十分不过意,安慰了一番。良久,然后论及王僚事。专诸曰:"公子盍设宴以请

吴王？王若肯来，事八九成矣。"光乃入见王僚曰："有庖人从太湖来，新学鱼炙，味甚鲜美，异于他炙，请王辱临下舍而尝之。"王僚好的是鱼炙，遂欣然许诺："来日当过王兄府上，不必过费。"

光是夜预伏甲士于地室之中，再命伍员暗约死士百人，在外接应。于是大张饮具，次早又请王僚，僚入宫告其母曰："公子光具酒相延，得无有他谋乎？"母曰："光心气怏怏，常有愧恨之色，此番相请，谅无好处，何不辞之？"僚曰："辞则生隙，若严为之备，又何惧哉？"于是穿猃狳之甲三重，陈设兵卫，自王宫起，直至光家之门，街衢皆满，接连不断。僚驾及门，光迎入拜见。既入席安坐，光侍坐于旁。僚之亲戚近信，布满堂阶。侍席力士百人，皆操长戟带利刀，不离王之左右。庖人馔献，皆从庭下搜检更衣，然后膝行而前。十余力士握剑，夹之以进。庖人置馔，不敢仰视，复膝行而出。光献觞致敬，忽作足痛之状，乃前奏曰："光足疾举发，痛彻心髓，须用大帛缠紧，其痛方止，幸王宽坐须臾，容裹足便出。"僚曰："王兄请自方便。"光一步一跛入内，潜进地室中去了。

少顷，专诸告进炙鱼，搜检如前。谁知这口鱼肠短剑，已暗藏于鱼腹之中。力士挟专诸膝行，至于王前，用手擘鱼以进，忽地抽出匕首，径刺王僚之胸。手势去得十分之重，直贯三层坚甲，透出背脊，王僚大叫一声，登时气绝。侍卫力士，一拥齐上，刀戟并举，将专诸剁做肉泥，堂中大乱。姬光在地室中知已成事，乃纵甲士杀出，两下交斗，这一边知专诸得手，威加十倍，那一边见王僚已亡，势减三分。僚众一半被杀，一半奔逃，其所设军卫，俱被伍员引众杀散。当即姬光升车入朝，聚集群臣，将王僚背约自立之罪，宣布国人，曰："今日非光贪位，实乃王僚之不义也。光权摄大位，待季札返国，仍当奉之。"乃收拾王僚尸首，殡殓如礼，又厚葬专诸，封其子专毅为上卿，封伍员为行人之职，待以客礼而不臣。市吏被离举荐伍员有功，亦升大夫之职，散财发粟，以赈穷民，国人安乐。姬光心念庆忌在外，使善走者觇其归期，又自率大兵，屯于江上以待之。庆忌中途闻变，即避去，姬光乘驷马追之，庆忌弃车而走，光命集矢射之，庆忌手接来矢，无一中者。姬光知庆忌必不可得，乃诫西鄙严为之备，遂还吴国。

又数日，季札自晋归，知王僚已死，径往其墓举哀成服。姬光亲诣墓所，以君位让之。曰："此祖父诸叔之意也。"季札曰："汝求而得之，又何让为？如国无废祀，民无废主，能立者即吾君矣！"光不能强，乃即吴王之位，自号为阖闾，季札退守臣位。此周敬王五年事也。

且说，掩余、烛庸困在潜城，日久救兵不至。正在踌躇脱身之计，忽闻姬光弑王夺位，二人放声大哭。商议道："光既行弑夺之事，必不能容，欲要投奔楚国，又恐楚不相信。

'有家难奔,有国难投',如何是好?"烛庸曰:"日中困守于此,终无了期,且乘夜从僻路逃奔小国,以图后举。"掩余曰:"楚兵前后围裹,如飞鸟入笼,何能自脱?"烛庸曰:"吾有一计。传令两寨将士,诈称:'来日欲与楚兵交锋。'至夜半,与兄微服密走,楚兵不疑。"掩余然其言,两寨将士秣马蓐食,专候军令布阵,掩余与烛庸同心腹数人,扮作哨马小军,逃出本营,掩余投奔徐国,烛庸投奔钟吾。及天明,两寨皆不见其主将,士卒混乱,各抢船只奔归吴国,所弃甲兵无数,皆被楚国所获。

申包胥借兵

话说，楚国令尹囊瓦领水师伐吴，吴王阖闾使孙武、伍员击之，败楚师于巢，获其将芈繁以归。阖闾曰："不入郢都，虽败楚兵，犹无功也。"员对曰："臣岂顷刻忘郢都哉！顾楚国强大，未可轻敌，囊瓦虽不得民心，而诸侯未恶。闻其索贿无厌，不久诸侯有变，乃可乘矣。"遂令孙武演习水军于江口，伍员终日使人探听楚事。

忽一日，报："有唐、蔡二国遣使臣通好，已在郊外。"伍员喜曰："唐、蔡皆楚属国，无故遣使远来，必然与楚有怨，天使吾破楚入郢也！"

原来楚昭王因得了那"湛卢"之剑，诸侯入贺，唐成公与蔡昭侯亦来朝楚。蔡侯有羊脂白玉佩一双，银貂鼠裘二副，以一裘一佩献于楚昭王以为贺礼，自己佩服其一。囊瓦见而爱之，使人求之于蔡侯，蔡侯爱此裘佩，不与囊瓦。唐侯有名马二匹，名曰"肃霜"。后人复加马旁曰"骕骦"，乃天下稀有之马也。唐侯以此马驾车来楚，其行速而

申包胥

稳，囊瓦又爱之，使人求之于唐侯，唐侯亦不与。

　　二君朝礼既毕，囊瓦即谮于昭王曰："唐、蔡私通吴国，若放归，必导吴伐楚，不如留之。"乃拘二君于馆驿，各以千人守之，名为护卫，实则监押。其时昭王年幼，国政皆出于囊瓦，二君一住三年，思归甚切，不得起身。唐世子不见唐侯归国，使大夫公孙哲至楚省视，知其见拘之故，奏曰："二马与一国孰重？君何不献马以求归？"唐侯曰："此马稀世之宝，寡人惜之，不肯献于楚王，况令尹乎？且其人贪而无厌，以威劫寡人，寡人宁死，决不从之！"公孙哲私谓从者曰："吾主不舍一马，而久留于楚，何重畜而轻国哉？我等不如私盗'骕骦'献于令伊。倘得主公归唐，吾辈虽坐盗马之罪，亦无所恨！"从者从之，乃以酒灌醉围人，私盗二马献于囊瓦曰：

"吾主以令尹德尊望重，故令某等献上良马，以备驱驰之用。"囊瓦大喜，受其所献。次日入告昭王曰："唐侯地偏兵微，谅不足以成大事，可赦之归国。"昭王遂放唐成公出城。

蔡侯闻唐侯献马得归，乃解裘佩以献瓦。瓦又告昭王曰："唐蔡一体，唐侯既归，蔡不可独留也。"昭王诺之。

蔡侯出了郢都，怒气填胸，取白璧沉于汉水，誓曰："寡人若不能伐楚，而再南渡者，有如大川!"及返国，即令公孙姓约会唐侯，共投吴国借兵，以其次子公子乾为质。伍员引见阖闾曰："唐、蔡以伤心之怨，愿为先驱。夫救蔡显名，破楚重利，王欲入郢，此机不可失也。"阖闾乃受蔡侯之质，许以出师，先遣公孙姓归报。阖闾正欲调兵，近臣报道："今有军师孙武，自江口归来，有事求见。"阖闾召入，问其来意。孙武曰："楚所以难攻者，以属国众多，未易直达其境也。今人心怨楚，不独唐、蔡，此楚势孤之时矣。"阖闾大悦，使被离、专毅辅太子波居守，拜孙

武为大将，伍员、伯嚭副之，亲弟公子夫概为先锋，公子山专督粮饷。尽起吴兵六万——号为十万——从水路渡淮，直抵蔡国。

蔡侯迎接吴王，泣诉楚君臣之恶。未几唐侯亦到，二君愿为左右翼，相从灭楚。临行，孙武忽传令："军士登陆，将战舰尽留于淮水之曲。"伍员私问舍舟之故，孙武曰："舟行水逆而迟，使楚得徐为备，不可破矣。"员服其言。大军自江北陆路走章山，直趋汉阳。楚军屯于汉水之南，吴兵屯于汉水之北，囊瓦日夜愁吴军渡汉，闻其留舟于淮水，心中稍安。楚昭王闻吴兵大举，自召诸臣问计。公子孙曰："囊瓦非大将之才，速令左司马沈尹戍领兵前往，勿使吴人渡汉。彼远来无继，必不能久。"昭王从其言，使沈尹戍率兵一万五千，同令尹协力拒守。

沈尹戍来至汉阳，囊瓦迎入大寨。戍问曰："吴兵从何而来，如此之速？"瓦曰："弃舟于淮汭，从陆路自豫章至此。"戍连笑数声曰："人言孙武用兵如神，以此观之，真儿戏耳？"瓦曰："何谓也？"戍曰："吴人惯习舟楫，利于水战，今乃舍舟登陆，但取便捷，万一失利，更无归身。吾所以笑之。"瓦曰："彼兵现屯汉北，何计可破？"戍曰："吾分兵五千与汝，汝沿汉列营，将船只尽集拘于南岸；再令轻舟旦夕往来于江之上下，使吴军不得掠舟而渡。我率一军，从新息抄出淮汭，尽焚其舟；再将海东隘道，用大石垒断。然后令尹引兵渡汉江,攻其大寨,我从后而击之。彼水陆路绝,首尾受敌,吴君臣之命,皆丧吾手矣!"囊瓦大喜曰:"司马高见,吾不及也!"于是,沈尹戍留大将武城黑统军五千相助。囊瓦自引众军,往新息进发。

却说,沈尹戍去后,吴楚夹汉水,两军相持数日。武城黑欲献媚于囊瓦,进言曰:"吴人舍舟从陆,弃其所长,且又不识地理,司马已策其必败矣。今相持数日,不能渡江,其心已怠,宜速击之!"瓦之爱将史皇亦曰:"楚人爱令尹者少,爱司马者多,若司马引兵焚吴舟,塞隘道,则破吴之功,彼为第一矣。令尹官高名重,屡次失利,今又以第一之功让于司马,何以立于百僚之上?司马且代为执政矣,不如从武城将军之计,渡江决一胜负为上。"囊瓦惑其说,遂传令三军,俱渡汉水,至大别山列成阵势,史皇出兵挑战,孙武使先锋夫概迎之。夫概选勇士三百人,俱用坚木为大棒,一遇楚兵,没头没脑打将去。楚兵从未见此军形,措手不迭,被吴兵乱打一阵,史皇大败而走。囊瓦曰:"汝令我渡江,今才交兵便败,何面目来见我?"史皇曰:"战不斩将,攻不擒王,非兵家大勇。今吴兵大寨,扎在大别山之下,不如今夜出其不意,往劫之,以建大功。"囊瓦从之,遂挑选精兵万人,披挂衔枚,从小路杀出大别山后,诸军得令,依计而行。

再说,孙武闻夫概初战得胜,众皆相贺。武曰:"囊瓦乃斗筲之辈,贪功侥幸,今史皇小挫,未有亏损,今夜必来掩袭大寨，不可不备。"乃令夫概、专毅各引本部，伏于大别山之左右，但听哨角为号，方许杀出。使唐、蔡二君，分两路接应，又令伍员引兵五千，抄出大别山，反劫囊瓦之寨。却使伯嚭接应孙武，又使公子山保护吴王，移屯于汉阴山以避冲突。大寨虚设旌旗，留老弱数百守之。

号令已毕。当夜三更，囊瓦果引精兵暗暗从山后抄出，见大寨中寂然无备，发声喊，杀入军中，不见吴王，疑有埋伏，慌忙杀出。忽听得哨角齐鸣，专毅、夫概两军左右突出夹攻，囊瓦且战且走，三停兵士折了一停。才得走脱，又闻鼓声大震，右有蔡侯，左有唐侯，两下截住。唐侯大叫："还我骕骦马，免汝一死！"蔡侯又叫："还我裘佩，饶汝一命！"囊瓦又羞，又恼，又慌，又怕。正在危急，却得武城黑引兵来，大杀一阵，救出囊瓦。约行数里，一守寨小军来报："本营已被吴将伍员所劫，史将军大败，不知下落。"囊瓦心胆俱裂，引着败兵连夜奔驰，直到柏举方才驻足。

良久，史皇亦引残兵来到，余兵渐集，复立营寨。囊瓦曰："孙武用兵，果有机变！不如弃寨逃归，请兵复战。"史皇曰："令尹率大兵拒吴，若弃寨而归，吴兵一渡汉江，长驱入郢，令尹之罪何逃？不如尽力一战，便死于阵上，也留个芳名于后世！"

囊瓦正在踌躇，忽报："楚王又遣一军来接应。"囊瓦出寨迎接，乃大将薳射也。射曰："主上闻吴兵势大，恐令尹不

能取胜，特遣小将带军一万，前来听命。"因问从前交战之事，囊瓦备细详述了一遍，面有惭色。蕤射曰："若从沈司马之言，何至如此！今日之计，唯有深沟高垒，勿与吴战，等待司马兵到，然后合击。"囊瓦曰："某因轻兵劫寨，所以反被其劫，若两阵相当，楚兵岂遽弱于吴哉？今将军初到，乘此锐气，宜决一死敌。"蕤射不从，遂与囊瓦各自立营。名虽互为掎角，相去有十余里。囊瓦自恃爵高位尊，不敬蕤射，蕤射又欺囊瓦无能，不为之下。两边各怀异意，不肯和同商识。

吴先锋夫概，探知楚将不和，乃入见吴王曰："囊瓦贪而不仁，素失人心。蕤射虽来赴援，不遵约束，三军皆无斗志。若追而击之，可必全胜。"阖闾不许。夫概退曰："君行其令，臣行其志。吾将独往，若幸破楚军，郢都可得也。"晨起，率本部兵五千，竟奔囊瓦之营。孙武闻之，急调伍员引兵接应。

夫概打入囊瓦大寨，瓦全不准备，营中大乱。武城黑舍命敌住，瓦不及乘车，步出寨后，左臂已中一箭。却得史皇率领本部兵到，以车载之。谓瓦曰："令尹可自方便，小将当死于此！"囊瓦卸下袍甲，乘车疾走，不敢回郢，竟奔郑国逃难去了。

伍员兵到，史皇恐其追逐囊瓦，乃提戟引本部杀入吴军，左冲右突，杀死吴兵将二百余人。楚兵死伤数亦相当。史皇身被重伤而死，武城黑战夫概不退，亦被夫概斩首。蒍射之子蒍延闻前营有失，报知其父，欲提兵往救，蒍射不许，自立营前弹压，令军中："乱动者斩！"囊瓦败军，皆归于蒍射，点视尚有万余，合成一军，军势复振。蒍射曰："吴军乘胜掩至，不可挡也，及其未至，整队而退，行至郢都，再作区处。乃合大军拔寨都起，蒍延先行，蒍射亲自断后。

夫概探得蒍射移营，尾其后追之，及于清发，楚兵方收集船只，将谋渡江，吴兵便欲上前奋击。夫概止之曰："困兽犹斗，况人乎？若逼之太急，将致死力。不如暂且驻兵，待其半渡，然后击之。已渡者得免，未渡者争先，谁肯死斗？胜之必矣！"乃退二十里安营，中军孙武等俱到，闻夫概之言，人人称善。

再说，蒍射闻吴兵来追，方欲列阵拒敌，又闻其复退，喜曰："固知吴人怯，不敢穷追也！"乃下令五鼓饱食，一齐渡江。刚刚渡及十分之三,夫概兵到,楚军争渡,大乱。薳射禁止不住,只得乘车疾走。军士未渡者,都随着主将乱窜。吴军从后掩杀,掠取旗鼓戈甲无数。孙武命唐、蔡二君,各引本国军将,夺取渡江船只,沿江一路接应。薳射奔至雍澨,将卒饥困,不能奔走。所喜追兵已远,暂且停留,埋锅造饭。饭才熟,吴兵又到,楚兵将不及下咽,弃食而走。留下现成熟饭,反与吴兵受用。吴兵饱食,复尽力追逐,楚兵自相践踏,死者更多。薳射车踬,被夫概一戟刺死。其子薳延,亦被吴兵围住。

延奋勇冲突不能得出,忽闻东北角喊声大振,薳延曰:"吴又有兵到,吾命休矣!"原来那支兵,却是左司马沈尹戌,行至新息,得囊瓦兵败之信,遂从旧路退回。恰好在雍澨遇着吴兵围住薳延,戌遂将部下万人,分作三路杀入,夫概恃其屡胜,不以为意,忽见楚三路进吴,正不知多少兵马,没抵敌一头处,遂解围而走。沈尹戌大杀一阵,吴兵死者千余人。沈尹戌正欲追杀,吴王阖闾大军已到,两下扎营相拒。沈尹戌谓其家臣吴句卑曰:"令尹贪功,使吾计不遂,天也!今敌患已深,明日吾当决一死战! 幸而胜,不及郢,楚国之福;万一战败,以头托汝,勿为吴人所得!"又谓薳延曰:"汝父已殁于敌,汝不可以再死,宜亟归传语子西,为保郢之计。"薳延下拜曰:"愿司马驱除东寇,早建大功。"垂泪而别。

明日,两下列阵交锋,沈尹戌平昔抚士有方,军士用命,无不尽力死斗，夫概虽勇，不能取胜。看着欲败，孙武引大军杀来，右有伍员、蔡侯，左有伯嚭、唐侯，强弓劲弩在前，短刀在后，直冲入楚军，杀得七零八落。戌死命杀出重围，身中数箭，僵卧车中，不能再战，乃呼吴句卑曰："吾无用矣！汝可速取吾头去见楚王！"句卑犹不忍。戌尽力大喝一声，遂瞑目不视。句卑不得已用剑断其头，解裳裹而怀之，复掘土掩盖其尸，奔回郢都去了。吴兵遂长驱而进。

话说，蘧延先归，见了昭王，哭诉囊瓦败逃，其父被杀之事。昭王大惊，急召子西、子期等商议，再欲出军接应。随后吴句卑亦到，呈上沈尹戌之首，备述兵败之由："皆因令尹不用司马之计，以至如此。"昭王痛哭曰："孤不能早用司马，孤之罪也！"因大骂："囊瓦误国奸臣，偷生于世，犬豕不食其肉！"句卑曰："吴兵日逼，大王须早定保郢之计。"昭王一面召沈诸梁，领回父首，厚给葬具，封诸梁为叶公；一面议弃郢城西走。子西号哭谏曰："社稷陵寝，尽在郢都，王若弃去，不可复入矣！"昭王曰："所恃江汉为险，今已失其险，吴兵旦夕将至，安能束手受擒乎？"子期奏曰："城中壮丁，尚有数万，王可悉出宫中粟帛，激励将士，固守城堞。遣使四出，往汉东诸国，令合兵入援。吴人深入我境，粮饷不继，岂能久哉？"昭王曰："吴兵东下，唐、蔡为导，楚之宇下，尽已离心，不可恃也！"子西又曰："臣等悉师拒敌，战而不胜，走犹未晚。"昭王曰："国家存亡，皆在二兄，当行则行，寡人不能与谋矣！"言罢含泪入宫。

子西与子期计议：使大将斗巢，引兵五千，助守麦城，以防北路；大将宋木，引兵五千，助守纪南城，以防西北路；子西自引精兵一万，营于鲁洑江，以扼东渡之路；唯西路川江、南路湘江，俱是楚地，地方险远，非吴入楚之道，不必置备。子期督令王孙繇于、王孙圉、钟建、申包胥等在内巡城，十分严紧。

再说，吴王阖闾聚集诸将，问入郢之期。伍员进曰："楚虽屡败，然郢都全盛，且三城联络，未易拔也。西去鲁洑江，乃入楚之径路，必有重兵把守，必须从北打大营，转分军为三：一军攻麦城，一军攻纪南城，大王率大军直取郢都。彼疾雷不及掩耳，顾此失彼，二城若破，郢不守矣。"孙武曰："子胥之计甚善！"乃使伍员同公子山，引兵一万，蔡侯以本国以师助之，去攻麦城；孙武同夫概，引兵一万，唐侯以本国之师助之，去攻纪南城；阖闾同伯嚭等引大军攻郢城。

且说，伍员东行数日，谍者报："此去麦城，只一舍之远，有大将斗巢引兵把守。"员命屯住军马，换了微服，小卒二人跟随步出营外，相度地形。来至一村，见村人方牵驴磨麦，其人以捶击驴，驴走磨转，麦屑纷纷而下。员忽悟曰："吾知所以破麦城矣！"当下回营，暗传号令："每军士一名，要布袋一个，内皆盛土，又要草一束，明日五鼓交割，如无者斩！"至次日，五鼓，又传一令："每军要带乱石若干，如无者斩！"

比及天明，分军为二队：蔡侯率一队，往麦城之东；公子乾率一队，往麦城之西。吩咐各将所带石土草束筑成小城，以当营垒，员亲自规划，督率军士用力，须臾而就。东城狭长，以像驴形，名曰驴城；西城正圆，以像磨形，名曰磨城。蔡侯不解其意，员笑曰："东驴西磨，何患麦城之不破耶？"

斗巢在麦城，闻知吴兵东西筑城，急忙引兵来争，谁知二城已立，屹如坚垒。斗巢先至东城，城上旌旗布满。斗巢大怒，便欲攻城，只见辕门开处，一员少年将军引兵出战。斗巢问其姓名，答曰："吾乃蔡侯少子姬乾也。"斗巢曰："孺子非吾敌手！伍子胥安在？"姬乾曰："已取汝麦城去矣！"斗巢愈怒，挺着长戟，直取姬乾。姬乾奋戈相迎，两下交锋二十余合。忽有哨马飞报："今有吴兵攻打麦城，望将军速回！"斗巢恐巢穴有失，急鸣金收军，军伍已乱。姬乾乘势掩杀一阵，不敢穷追而回。

斗巢回至麦城，正遇伍员指挥军马围城。斗巢横戈拱手曰："子胥别来无恙？足下先世之冤，皆由费无极而起，今谗人已死，足下无冤可报矣。宗国三世之恩，足下岂忘之乎？"员对曰："吾先人有大功于楚，楚王不念，冤杀父兄，又欲绝吾之命，幸蒙天佑，得脱于难。怀之十九年，乃有今日。子如相谅，速速远避，勿撄吾锋，可以相全。"斗巢大骂："背主之贼！避汝不算好汉！"便挺戟来战伍员，员亦持戟相迎。略战数合，伍员曰："汝已疲劳，放汝入城，明日再战。"斗巢曰:"来日决个死敌!"两下各自收军。城上看见自家人马,开门接应入城去了。

至夜半,忽然城上发起喊来,报说:"吴兵已入城矣!"原来伍员军中多有楚国降卒,故意放斗巢入城,却教降卒数人,一样装束,杂在楚兵队里,混入伏于僻处,夜半于城上放下长索,吊上吴军。比及知觉,城上吴军已有百余,齐声呐喊,城外大军应之,守城军士乱窜,斗巢禁约不住,只得乘车出走。伍员也不追赶,得了麦城,遣人至吴王处报捷。

话说,孙武引兵过虎牙山,转入当阳阪,望见漳江在北,水势滔滔。纪南地势低下,西有赤湖,湖水通纪南及郢都城下。武看在眼里,心生一计,命军士屯于高阜之处,各备畚锸,令一夜之间,要掘开深壕一道。引漳江之水,通于赤湖,却筑起长堤,坝住江水。那水进无所泄,平地高起二三丈,

又遇冬月，西风大发，即时灌入纪南城中。守将宋木，只道江涨，驱城中百姓奔郢都避水。那水势浩大，连郢都城中，一望如江湖了。孙武使人于山上砍竹造筏，吴军乘筏薄城，城中方知此水乃吴人决漳江所致。众心惶惧，各自逃生。楚王知郢都难守，急使箴尹固具舟西门而遁。子期在城上，正欲督率军士捍水，闻楚王已行，只得同百官出城保驾，单单走出一身，不复顾其家室矣！郢都无主，不攻自破。

孙武遂奉阖闾入郢都城，即使人掘开水坝，放水归江，合兵以守四郊，伍员亦自麦城来见。阖闾登楚王之殿，百官拜贺已毕，然后唐、蔡二君亦入朝称庆。阖闾大喜，置酒高会。是晚，阖闾宿于楚王之宫。

唐侯、蔡侯、公子山往搜囊瓦之家，"裘佩"尚依然在笥，"骕骦马"亦在厩中。二君各取其物，俱转献于吴王。其他宝货金帛，充满室中，恣左右运取，狼藉道路。

阖闾复置酒章华之台，大宴群臣，乐工奏乐，群臣皆喜，唯伍员痛哭不已。阖闾曰："卿报楚之志已酬矣，又何悲乎？"员含泪而对曰："平王已死，楚王又逃，臣父兄之仇，尚未报万分之一也！"阖闾曰："卿欲何如？"员对曰："乞大王许臣掘平王之冢墓，开棺斩首，方可泄臣之恨！"阖闾曰："卿为德于寡人多矣，寡人何爱于枯骨，不以慰卿之私耶？"遂许之。伍员访知平王之墓，在东门外地方室内庄蹻台湖，乃引本部兵往，但见平原衰草，湖水茫茫，并不知墓之所在。使人四下搜觅，亦无踪影。伍员乃捶胸向天而号，忽有老父至前，揖而问曰："将军欲得平王之冢何故？"员曰："平王杀忠任佞，灭吾宗族，吾生不能加兵其颈，死亦当戮其尸，以报父兄于地下。"老父曰："平王自知多怨，恐人发掘其墓，故葬于湖中。将军必欲得棺，须涸湖水而求之，乃可见也。"同登寥台，指示其处。员使泅水之士，入水求之，于台东果得石椁。乃令军士各负土一囊，堆积墓旁，壅住流水，然后凿开石椁，得一棺，甚重。发之，内唯衣冠及精铁数百斤而已。老叟曰："此疑棺也，真棺尚在其下。"更去石板下层，果然有一棺。员令毁棺，拽出其尸，验之，果楚平王之身也。用水银殓过，肌肉不变。员一见其尸，怨气冲天，手持九节铜鞭，鞭之三百，肉烂骨折。于是数之曰："汝生时枉有目珠，不辨忠佞，听信谗言，杀吾父兄，岂不冤哉？"遂断平王之头，毁其衣裳棺木，弃于原野。

再说，楚昭王乘舟西涉沮水，又转而南渡大江，入于云中，又转而北奔随国。子西在鲁洑江把守，闻郢都已破，昭王出奔，恐国人遗散，乃服王服，乘王舆，自称楚王，立国于脾泄，以安人心。百姓避吴乱者，依之以居。已而闻王在随国，晓谕百姓，使知王之所在，然后至随国，与王相从。

却说，申包胥自郢都破后，逃避在夷陵石鼻山中，闻子胥掘墓鞭尸，复求楚王。想起："楚平王夫人乃秦哀公之女，楚昭王乃秦之甥。要解楚难，除非求秦。"遂昼夜西驰，足踵

俱开,步步流血,裂裳而裹之。奔至雍州,来见秦哀公曰:
"吴贪如封豕,毒如长蛇,久欲并吞诸侯,兵自楚始。寡君失
守社稷,逃于草莽之间,特命下臣告急于上国,乞君念甥舅
之情,代为兴兵解难。"秦哀公曰:"秦僻在西陲,兵微将寡,
自保不暇,安能助楚?"包胥曰:"楚秦连界,楚遭兵而秦不
救,吴若灭楚,次将及秦。君之存楚,亦以固秦也。若秦遂
有楚国,不犹愈于吴乎?倘能抚而存之,不绝其祀,情愿世
世北面事秦。"秦哀公意犹未决曰:"大夫姑就馆驿安下,容
孤与群臣商议。"包胥对曰:"寡君未得安居,下臣何敢就馆
自便乎?"

时秦哀公沉迷于酒,不恤国事。包胥请命愈急,哀公终不

肯发兵。于是包胥不脱衣冠,立于秦庭之中,昼夜号哭,不绝其声。如此七日七夜,水浆一勺不入其口。哀公闻之,大惊曰:"楚臣之急于君,一至是乎!楚有贤臣如此,吴尚欲灭之;寡人无此贤臣,楚岂能相容哉!"为之流涕,即命大将子蒲、子虎率车五百乘,从包胥救楚。包胥曰:"吾君在随望救,无异如大旱之望雨,胥当先往一程,报知寡君。元帅从商谷而东,五日可至襄阳,折而南即荆门。而胥以楚之余众,自石梁山南来,计不出三日,亦可相会。吴恃其胜,必不为备。军士在外,日久思归,若破其一军,自然瓦解。"子蒲曰:"吾未知路径,必须楚兵为导,大夫不可失期。"

包胥辞了秦师,星夜至随,来见昭王言:"臣请得秦兵,已出境矣!"昭王大喜。时薳延、宋木等亦收拾余兵,从王于随,子西、子期并起随众,一齐进发。秦师屯于襄阳以待楚师,包胥引子西、子期等与秦师相见。楚兵先行,秦兵在后。

申包胥

遇夫概之师于沂水，子蒲谓包胥曰："子率楚师先与吴战，吾当自后会之。"包胥便与夫概交锋。夫概恃勇，看包胥有如无物，约斗十余合，未分胜败。子蒲、子虎引兵大进，夫概望见旗号有"秦"字，大惊曰："秦兵何得至此！"急急收兵，已折大半。子西、子期等乘胜追逐五十里方止。

夫概奔回郢都，来见吴王，盛称："秦兵势锐，不可抵挡。"阖闾有惧色，孙武进曰："兵，凶器，可暂用，而不可久也。且楚土地尚广，人心未肯服吴。臣前请王立芊胜以抚楚，正虞今日之变耳。为今之计，不如遣使与秦通好，许复楚君，割楚之西鄙，以益吴疆，君亦不为无利也。若久恋楚宫，与之相持，臣未保其万全。"伍员知楚王必不可得，亦以武言为然。阖闾将从之，伯嚭进曰："吾兵自离东吴，一路破竹而下，五战拔郢，遂夷楚社。今一遇秦兵，即便班师，何前勇而后怯耶？愿给臣兵一万，必使秦兵片甲不回！如若不胜，甘当军令！"阖闾壮其言，许之。孙武与伍员力止不可交兵，伯嚭不从，引兵出城。两军相遇于军祥，排成阵势，伯嚭望见楚兵行列不整，便教鸣鼓驰车突入。正遇子西，大骂："汝万死之余！尚望寒灰再热耶？"子西亦骂："背国叛夫！今日何颜相见？"伯嚭大怒，挺戟直取子西，子西亦挥戈相迎。战不合数，子西诈败而走。伯嚭追之，反及二里，左边沈诸梁一军杀来，右边蔿延一军杀来，秦将子蒲、子虎引生力军从中直贯吴阵。三路兵将吴兵截为三处，伯嚭左冲右突，不能得脱。

却说，伍员兵到，大杀一阵，救出伯嚭。一万军马，所存不上二千人。伯嚭自囚入见吴王待罪。孙武谓伍员曰："伯嚭为人矜功自任，久后必为吴国之患，不如乘此兵败，以军令斩之。"伍员曰："彼虽有丧师之罪，然前功不小，况敌在目前，不可斩一大将。"遂奏吴王赦其罪。

秦兵直逼郢都，阖闾命夫概同公子山守城，自引大军屯于纪南城，伍员、伯嚭分屯磨城、驴城，以为掎角之势，与秦兵相持。又遣使征兵于唐、蔡。楚将子西谓子蒲曰："吴以郢为巢穴，故坚壁相持。若唐、蔡更助之，不可敌矣！不若乘间加兵于唐，唐破则蔡人必惧而自守，吾乃得专力于吴。"子蒲然其计。于是子蒲同子期分兵一支，袭破唐城，杀唐成公，灭其国。蔡哀公惧，不敢出兵助吴。

却说，夫概自恃有破楚之首功，因沂水一败，吴王遂使协守郢都，郁郁不乐，及闻吴王与秦相持不决，忽然心动，想道："吴国之制'兄终弟及'，我应嗣位。今王立子波为太子，我不得立矣！乘此大兵出征，国内空虚，私自归国，称王夺位，岂不胜于久后相争乎？"乃引本部军马，偷出郢都东门，渡汉而归，诈称："阖闾兵败于秦，不知所往，我当次立。"遂自称吴王，使其子扶臧据淮水，以遏吴王之归路。吴世子波，与专毅闻变，登城守御，不纳夫概。夫概乃遣使由三江通越，说其进兵夹攻吴国，事成割五城为谢。

再说，阖闾闻秦兵灭唐，大惊，方欲召诸将计议战守之事。忽公子山报到言："夫概不知何故，引本部兵私回吴国去了。"伍员曰："夫概此行，其反必矣！"阖闾曰："将若之何？"伍员曰："夫概一勇之夫，不足为虑，所虑者，越人或闻变而动耳。王宜速归，先靖内乱！"

阖闾于是留孙武、子胥，退守郢都，自与伯嚭以舟师顺流而下，既渡汉水，得太子波告急信言："夫概造反称王，又结连越兵入寇，吴都危在旦夕。"阖闾大惊曰："不出子胥所料也！"遂遣使往郢都，取回孙武、伍员之兵，一面星夜驰归，沿江传谕将士："去夫概来归者，复其本位。后到者诛。"淮上之兵，皆倒戈来归，扶臧奔回谷阳。夫概欲驱民授甲，百姓闻吴王尚在，俱走匿。夫概乃独率本部出战。阖闾问曰："我以手足相托，何故反叛？"夫概对曰："汝弑王僚，非反叛耶？"阖闾怒，教伯嚭："为我擒贼！"战不数回，阖闾麾下大军直进。夫概虽勇，争奈寡不敌众，大败而走。扶臧具舟于江，以渡夫概，逃奔宋国去了。阖闾抚定居民，回至吴都。太子波迎接入城，打点拒越之策。

却说，孙武得吴王之诏，遂与伍员班师而还，凡楚之府库宝玉，满载以归。又迁楚境户口万家，以实吴空虚之地。

伍员使孙武从水路先行，自己打从历阳山经过，欲求东皋公报之，其庐舍俱不存矣；再遣使于龙洞山问皇甫讷，亦无踪迹。伍员叹曰："真高士也！"就其地再拜而去。至昭关，已无楚兵把守。员命毁其关。

话分两头。再说，子西与子期重入郢城，一面收葬平王骸骨，将宗庙社稷，重新草创，一面遣申包胥以舟师迎昭王于随国。昭王与随君定盟，誓无侵伐。随君亲送昭王登舟，方才回转。子西、子期等离郢都五十里迎接昭王，君臣交相慰劳。既至郢城，见城中宫阙，半已残毁，凄然泪下。入宫见其母伯嬴，子母相向而泣。

次日，祭告宗庙社稷，省视坟墓，然后升殿，百官称贺。昭王曰："寡人任用匪人，几至亡国，若非卿等，安能重见天日？失国者，寡人之罪；复国者，卿等之功也！"诸大夫皆谢不敢。昭王先宴劳秦将，厚犒其师，遣之归国。然后论功行赏，拜子西为令尹，子期为左尹。以申包胥乞师功大，欲拜为右尹，申包胥固辞不受。昭王强之，包胥乃挈其妻子逃入深山，终身不出。昭王使人求之不得，乃旌表其闾曰："忠臣之门。"以王孙繇于为右尹，其他沈诸梁、钟建、宋木、斗辛、斗巢、蘧延等俱晋爵加邑。

卧薪尝胆

话说，周敬王二十四年，越王勾践败吴兵于槜李。吴王阖闾足趾受伤，因年老不能忍痛，回至七里以外而薨。吴太孙夫差迎丧以归，成服嗣位，即命子胥、伯嚭练水军于太湖，又立射棚于灵岩山以习射，俟三年丧毕，便为报仇之举。

至周敬王二十六年，吴王夫差既除丧，乃告于太庙，兴倾国之兵以攻越，越大败。越王勾践从大夫文种之言，选美人八人，加以白璧二十双、黄金千镒，夜献吴太宰伯嚭求和。伯嚭尽收所献。

次早，同至中军，来见夫差。伯嚭先入，备道越王勾践使文种求和之意。夫差勃然曰："孤与勾践有不共戴天之恨，安得允其和哉？"嚭对曰："越虽得罪于吴，今其君请为吴臣，其妻请为吴妾，越国之宝器珍玩，尽扫以贡于吴宫，所乞于吴者，仅存宗祀一线耳。否则彼勾践将焚宗庙，杀妻子，沉金玉于江，率死士五千人致死于王，得无有所伤于王之左右乎？"夫差曰："今文种安在？"嚭对曰："现在幕外候宣。"

夫差乃命种入见。种膝行而前。夫差曰：

"汝君请为臣妾,能为寡人入吴否?"种稽首曰:"既为臣妾,死生在王,敢不服侍于左右?"嚭曰:"勾践夫妇,愿来吴国,吴名虽赦越,实已得之矣。王又何求?"夫差遂许之。子胥闻知,急至中军力谏夫差。夫差不听。子胥只得恨恨而出,谓大夫王孙雄曰:"越十年生聚,再加以十年之教训,不过二十年,吴宫为沼矣!"雄意殊未深信。

夫差命文种同复越王,再到吴军申谢。夫差问越王夫妇入吴之期,文种对曰:"愿大王稍宽其期,其或负心失信,安能逃大王之诛乎?"夫差许诺,遂约定五月中旬,夫妇入臣于吴,遂遣王孙雄押文种同至越国催促起程。太宰伯嚭,屯兵一百于吴山以候之,如过期不至,灭越归报。夫差引大军先回。

却说,越大夫文种回报越王,越王勾践不觉双眼流泪。文种曰:"五月之期甚迫,王宜速归,料理国事,不必为无益之悲。"越王乃收泪,回至越都,见市井如故,丁壮萧然,甚有惭色。留王孙雄于馆驿,收拾库藏宝物,装成车辆;又选国中女子三百三十人,以三百人送吴王,三十人送太宰。偕夫人与大夫范蠡,辞别诸大夫往吴国。

越王既入吴界,先遣范蠡见太宰伯嚭于吴山,复以金帛女子献之。嚭问曰:"文大夫何以不至?"蠡曰:"为吾主守国,不得偕来也。"嚭遂随范蠡来见越王,越王深谢其庇护之德。嚭一力担承,许以返国。越王之心稍安。伯嚭引军押

文種

勾践

送越王,至于吴下,引入见吴王。勾践肉袒伏于阶下,夫人
亦随之。范蠡将宝物女子开单呈献于下,越王再拜稽首曰:
"东海役臣勾践,不自量力,得罪边境。大王赦其深辜,使执
箕帚,诚蒙厚恩,得保须臾之命,不胜感戴。勾践谨叩首顿
首。"夫差曰:"寡人若念先君之仇,到今日无生理。"勾践又
叩首曰:"臣实当死,唯大王怜之。"时子胥在旁,声如雷霆,
乃进曰:"夫飞鸟在青云之上,尚欲弯弓而射之,况近集于庭
庑乎? 勾践为人机险,今为釜中之鱼,命制庖人,故诣词令
色,以求免刑诛。一旦稍得志,如放虎于山,纵鲸于海,不复

可制矣!"夫差曰:"孤闻诛降杀服,祸及三世,孤非爱越而不诛,恐见咎于天耳。"太宰嚭曰:"子胥明于一时之计,不就安国之道,吾主诚仁者之言也!"子胥见吴王信伯嚭之佞言,不用其谏,愤愤而退。夫差受越贡献之物,使王孙雄于阖闾墓侧,筑一石室,将勾践夫妇贬入其中,去其衣冠,蓬首垢衣,执掌养马之事。伯嚭私馈食物,才不至于饥饿。吴王每驾车出游,勾践执马鞭步行车前。吴人皆指曰:"此越王也!"勾践低首而已。

　　勾践在石室三年,范蠡朝夕侍侧,寸步不离。一旦,夫差登姑苏台望见越王及夫人端坐于马粪之旁,范蠡执马鞭

而立于左。君臣之礼存,夫妇之仪具。夫差顾谓太宰嚭曰:"彼越王不过小国之君,范蠡不过一介之士,虽在穷厄之地,不失君臣之礼,寡人心甚敬之!"伯嚭对曰:"不唯可敬,亦可怜也。"夫差曰:"诚如太宰之言,寡人目不忍见,倘彼改过自新,亦可赦乎?"嚭对曰:"臣闻:'无德不复。'大王以圣王之心,赦孤穷之士,加恩于越,越岂无厚报?愿大王决意。"夫差曰:"可命太史择吉日,赦越王归国。"

子胥闻吴王将赦勾践,急入谏吴王。夫差因子胥之言,复有杀越王之意。

勾践居石室,忽又三月,闻吴王感寒疾而病,久而不愈,使范蠡卜其吉凶。蠡对曰:"吴王不死至己巳日当减,壬申日必痊愈,愿大王请求问疾,倘得入见,因求其粪而尝之,观其颜色,再拜庆贺,言病起之期。至期若愈,必然心感大王,而赦可望矣。"勾践垂泪言曰:"孤虽不肖,亦曾南面为君,奈何含污忍辱,为人尝粪便乎?"蠡对曰:"夫欲成大事者,不惜细行。吴王有妇人之行,而无丈夫之决,已欲赦越,忽又中止,不如此,何以取其怜乎?"

勾践即日投太宰府中,见伯嚭曰:"人臣之道,主疾则臣忧。今愿从太宰问疾,以伸臣子之情。"嚭曰:"君有此美意,敢不转达?"伯嚭入见吴王,曲道勾践相念之情,愿入问疾。夫差在沉困之中,怜其意而许之。嚭引勾践入于寝室,夫差张目视曰:"勾践亦来见孤耶?"勾践叩首奏曰:"囚臣闻王体

失调,如摧肝肺,欲一望颜色而无由也!"言未毕,吴王觉腹胀欲便,麾使出。勾践曰:"臣在东海,曾事医师,观人粪便能知疾之愈否。"乃恭立于户下,侍人将便桶近床,扶夫差便讫,将出户外。勾践揭开桶盖,手取其粪,跪而尝之,左右皆掩鼻。勾践复入叩首曰:"囚臣敢再拜敬贺大王,王之疾至己巳日当减,交壬申痊愈矣。"夫差曰:"何以知之?"勾践曰:"臣闻于医师:'夫粪者,谷味也。顺时气则生,逆时气则死。'今囚臣窃尝大王之粪,味苦且酸,正应春夏发生之气,是以知之。"夫差大悦,曰:"仁哉勾践也!臣子之事君父,孰肯尝粪而决疾乎?"时太宰嚭在旁,夫差问曰:"汝能乎?"嚭摇首曰:"臣虽甚爱大王,然此事亦不能。"夫差曰:"不但太宰，虽吾子亦不能也！"即命："勾践离其石室，就便栖止，待孤疾愈，即当遣伊还国。"勾践再拜谢恩而出。自此租居民舍，执牧养之事如故。

夫差病果渐愈，心念其忠，既出朝，命置酒于文台之上，召勾践赴宴。即日赦其回国，命王孙雄先送勾践于客馆。子胥闻知，入谏吴王。吴王曰："越王弃其国家，千里来归寡人，献其货财，身为奴婢，是其忠也；寡人有疾，亲为尝粪，略无怨恨之心，是其仁也。寡人若徇相国私意，诛此善士，皇天必不佑寡人矣！"子胥曰："王何言之相反也？夫虎卑其势，将有击也；狸缩其身，将有取也。越王入臣于吴，怨恨在心，大王何得知之？其下尝大王之粪，实上食大王之心。王若不察，中其奸谋，吴必被灭矣！"吴王曰："相国置之勿言，寡人意已决矣。"子胥知不可谏，遂郁郁而退。

至第三日，吴王又命置酒于蛇门之外，亲送越王出城，群臣皆捧觞饯行，唯子胥不至。勾践再拜跪伏，流涕满面，有依恋不舍之状。夫差亲扶勾践登车，范蠡执御，夫人亦再拜谢恩，一同升辇，往南而去。时周敬王二十九年。

勾践回至浙江之上，望见隔江山川重秀，天地再清，乃叹曰："孤自意永辞万民，身死异域，岂期复得返国乎！"言罢与夫人相向而泣，左右皆感动流涕。文种早知越王将至，率守国群臣、城中百姓，拜迎于浙水之上，欢声动地。勾践遂星夜谢都，告庙临朝。

勾践心念兵困会稽山之耻，欲立城于会稽，迁都于此，以自警惕，乃专委其事于范蠡。蠡遂建造新城，包会稽山于内。既成，勾践从诸暨迁而居之，谓范蠡曰："孤实不德，以致失国亡家，身为奴隶，若非诸大夫赞助，安有今日？"蠡曰："愿大王时时勿忘石室之苦，则越国可兴，而吴仇可报矣。"勾践曰："善。"于是以文种治国政，以范蠡治军事，尊贤礼士，敬老恤贫，百姓大悦。

勾践因急欲复仇，乃苦身劳心，夜以继日。眼倦欲合，则攻之以蓼；足寒欲缩，则渍之以水。冬常抱冰，夏还握火。积薪而卧，不用床褥又悬胆于坐卧之所，饮食起居，必取而尝之。夜中潜泣，泣而复啸，"会稽"二字，不绝于口。以丧败之余，人民减少。乃着令：壮者勿娶老妻，老人不娶少妻；女子十七不嫁，男子二十不娶，其父母俱有罪；孕妇将产，报告于官，使医守之，生男赐以壶酒一犬，生女赐以壶酒一豚；生子三人，官府养其二，生子二人，宫府养其一。每出游，必载饭与羹于后车，遇童子必食之，问其姓名；遇耕时，躬自执耒。夫人自织，与民间同其劳苦。七年不收民税，食不加肉，衣不重彩，唯问候之使，无一月不至于吴。又使男女入山采葛，作黄丝细布，欲献吴王。尚未及进，吴王嘉勾践之顺，使人增其封。于是东至句甬，西至檇李，南至姑蔑，北至平原，纵横八百余里，尽为越地。勾践乃治葛布十万匹，甘蜜百坛，狐皮五双，以答封地之礼。夫差大悦，赐越王羽毛之饰。子胥闻之，称疾不朝。

夫差见越已臣服不贰，遂深信伯嚭之言。一日，问伯嚭曰："今日四境无事，寡人欲广宫室以自娱，何地相宜？"嚭奏曰："吴都之下，崇台胜境，莫若姑苏。然前王所筑，不足以当巨览，王不若重将此台改建，命其高可望百里，宽可容六千人，聚歌童舞女于上，可以极人间之乐矣。"夫差然之，乃悬赏购求大木。种闻之，进于越王曰："臣闻：'高飞之鸟，死于美食；深泉之鱼，死于芳饵。'今王志在报吴，必先投其所好，然后得制其命。"勾践曰："虽得其所好，岂遂能制其命乎？"文种对曰："臣所以破吴者有七术：一曰，捐货币，以悦其君臣；二曰，贵籴粜粟，以虚其积聚；三曰，遣美女，以惑其心志；四曰，差遣巧工良材使作宫室，以罄其财；五曰，结其谋臣，以乱其谋；六曰，离其谏臣，使自杀以弱其辅；七曰，积财练兵，以承其弊。"勾践曰："善哉！今日先行何术？"文种对曰："今吴王方改筑姑苏台，宜选名山大木，奉而献之。"越王乃使木工三千余人，入山伐木，使文种献于吴王。夫差见木材巨大异常，不胜惊喜。子胥谏吴王勿受，夫差曰："勾践得此良材，不自用而献于寡人，乃其好意，奈何逆之？"遂不听，乃将此木建姑苏之台，三年聚材，五年方成，高三百丈，广八十四丈。百姓昼夜并作，死于疲劳者，不可胜数。

越王闻之，谓文种曰："汝所云：'差遣巧匠良材，使作宫室，以尽其财。'此计已行，今高台之上必选歌舞以充之，非有绝色,不足移其心志,汝为寡人谋之。"

文种献计曰:"愿得王之近侍百人,杂以善相人者,使挟其术,遍游国中,得有色者,而记其人地,于中选择。何患无人?"勾践从其计,半年之中,开报美女,何止二千余人。勾践更使人复视,得尤美者二人,因图其形以进。那二人是谁? 西施、郑旦。

那西施乃苎萝山下采薪者之女。其山有东西二村,多施姓者。女在西村,故以西施别之。勾践命范蠡各以百金聘之,服以华美之衣,乘以重帷之车。国人慕美人之名,争欲识认,都出郊外迎候,道路为之壅塞。勾践亲送美人别居土城,使老师教之歌舞,学习容步。俟其艺成,然后敢进吴邦。时周敬王三十一年,勾践在位之七年也。

三年,教习美女技态尽善,又以美婢旋波、移光等六人为侍女,使相国范蠡进之吴国。范蠡入见,再拜稽首曰:"东海贱臣勾践,感大王之恩,不能亲率妻妾服侍左右,遍搜境内,得善歌舞者二人,使陪臣纳于王宫,以供洒扫之役。"夫差望见,以为神仙之下凡也,魂魄俱醉。子胥谏之。夫差曰:"好色,人之同心,勾践得此美人不自用,而进于寡人,此乃尽忠于吴之证也。相国勿疑。"遂受之。

二女皆绝色,夫差并宠爱之。而妖艳善媚,更推西施为首。于是西施独夺歌舞之魁,居姑苏之台,擅专房之宠,出入仪制,比于妃后。

且说，夫差宠幸西施，令王孙雄特建馆娃宫于灵岩之山，铜沟玉槛，饰以珠玉，为美人游息之所。建响屧廊。(何为响屧？屧乃鞋名，凿空廊下之地，将大瓮铺平，覆以厚板，令西施与宫人步屧绕之，铮铮有声，故名响屧。)今灵岩寺圆照塔前小斜廊，即其址也。

　　夫差自得西施，以姑苏台为家，四时随意出游，弦管相逐，流连忘返。唯太宰嚭、王孙雄常侍左右，子胥求见，往往辞之。越王勾践闻吴王宠幸西施，日事游乐，复与文种谋之。文种对曰："今岁年谷歉收，粟米将贵，君可请贷于吴，以救民饥。"勾践即命文种以重币贿伯嚭，使引见吴王。吴王召见于姑苏台之宫。文种再拜请曰："越国水旱不调，年谷不登，人民饥困。愿从大王借谷万石，以救目前，明年谷熟即当奉偿。"夫差曰："越王臣服于吴，越民之饥，即吴民之饥也。吾何爱积谷，不以救之？"时子胥闻越使至，亦随至姑苏台见吴王。及闻许其借谷，复谏曰："不可！不可！今日之势，非吴有越，即越有吴。吾观越王之遣使者，非真饥困而乞籴也，将以空吴之粟也！与之不加亲，不与未必仇，王不如辞之。"吴王曰："勾践因于吾国，执鞭马前，诸侯莫不闻知。今吾复其社稷，恩若再生，贡献不绝，岂复有背叛之事乎？"子胥曰："吾闻越王早朝晏罢，恤民养士，志在报吴，大王又借粟以助之，臣恐麋鹿将游于姑苏之台矣！"夫差乃与越粟万石，谓文种曰："寡人逆群臣之议，而借粟于越。年丰必偿，不可失信。"文种再拜稽首曰："大王哀越而救其饥饿，敢不如约。"

文种领谷万石归越，越王大喜。明年，越国大熟，越王问于文种曰："寡人不还吴粟，则失信；若还之，则损越而利吴矣。奈何？"文种对曰："宜择精粟，蒸而与之。彼爱吾粟，而用以布种，吾计乃得矣！"越王用其计，以熟谷还吴。如其斗斛之数。吴王叹曰："越王真信人也！"又见其谷粗大异常，谓伯嚭曰："越地肥沃，其种甚嘉，可散与吾民种之。"于是国中皆用越粟种，不复发生，吴民大饥。夫差犹认以为地土不同，不知粟种之蒸熟也。文种之计亦毒矣！此周敬王三十六年之事也。

越王闻吴国饥困，便欲兴兵伐吴。文种谏曰："时未至也。其忠臣尚在。"越王又问于范蠡，蠡对曰："时不远矣！愿王益习战以俟之。"

话说，周敬王三十六年春，越王勾践使大夫诸稽郢领兵三千助吴攻齐。吴王夫差遂征九郡之兵，大举伐齐。子胥又谏曰："越在我心腹之病也。若齐，特疥癣耳。今王兴十万之师，行粮千里，以争疥癣之患，而忘大毒之在腹心。臣恐齐未必胜，而越祸已至矣！"夫差怒曰："孤发兵有期，老贼故出不祥之语，阻挠大计！当得何罪？"意欲杀之。伯嚭密奏曰："此前王之老臣，不可加诛。王不若遣之往齐约战，假手齐人。"夫差曰："太宰之计甚善。"乃为书数齐之罪，命子胥往见齐君，冀其激怒而杀子胥也。子胥料吴必亡,乃私携其子伍封同行,至临淄,致吴王之命。齐简公大怒,欲杀子胥。鲍息谏曰:"子胥乃吴之忠臣,屡谏不入,已成水火。今遣来齐,欲齐杀之,以自免其谤。宜纵之使归,令其忠佞自相攻击,而夫差受其恶名矣。"简公乃厚待子胥,报以战期。定于春末。

夫差既得报,遂自将中军,以太宰嚭为副,领兵伐齐。齐兵败绩,只得大贡金帛,谢罪请和,夫差乃凯旋。

既升殿,百官迎贺,子胥亦到,独无一言。夫差乃责之曰:"汝谏寡人不当伐齐,今得胜而回,汝独无功,岂不自羞。"子胥攘臂大怒,释剑而对曰:"天之将亡人国,先逢其小喜,而后授之以大忧。胜齐,不过小喜也,臣恐大忧之即至也!"夫差不悦曰:"久不见相国,耳边颇觉清净。今又来絮聒耶!"

过数日,越王勾践率群臣亲至吴国来朝,并贺战胜。吴廷诸臣,俱有贿赂。吴王置酒于文台之上,越王侍坐,诸大夫皆侍立于侧。夫差曰:"寡人闻之:'君不忘有功之臣,父不没有功之子。'今太宰嚭为寡人治兵有功,吾将赏为下卿。越王孝事寡人,始终不倦,吾将再增其国,以酬助我之功。于众大夫之意如何?"群臣皆曰:"大王赏功酬劳,此霸王之事也。"于是子胥伏地涕泣曰:"呜呼哀哉!忠臣掩口,谗夫在侧,养乱畜奸,将灭吴国,庙社为墟,殿生荆棘。"夫差大怒曰:"老贼乃欲专权擅威,倾覆吾国。寡人以前王之臣,不忍加诛,今可退而自谋,无劳再见。"子胥曰:"老臣若不忠不信,不得为前王之臣。今臣与王永辞,不复见矣!"遂趋出。吴王怒犹未息,伯嚭曰:"臣闻子胥使齐,将其子托于齐臣鲍氏,有叛吴之心,王察之。"夫差乃使人赐子胥以"属镂"之剑。子胥接剑在手,叹曰:"王欲吾自杀也。"乃谓家人曰:"吾死后可抉吾之目,悬于东门,以观越兵之入吴也。"言讫,自刎其喉而绝。使者取剑还报,述其临终之嘱。夫差往视其尸,乃自断其头,置于盘门城楼之上,取其尸,盛以"鸱夷"之器,使人载去,投于江中。谓曰:"日月炙汝骨,鱼鳖食汝肉。汝骨变形灰,复何所见?"尸入江中,随流扬波,依潮往来,荡激崩岸。土人惧,乃私捞取埋之于吴山。后世因改称

胥山，今山有子胥庙。

夫差既杀子胥，乃进伯嚭为相国，欲增越荆封地，勾践固辞乃止。于是勾践归越，谋吴益急。夫差全不在念，意益骄恣。

不久，乃使太子友同王子地、王孙弥庸守国，亲帅国中精兵，会鲁哀公于橐皋，会卫出公于发阳，遂约诸侯大会于黄池，欲与晋争盟主之位。越王勾践闻吴王已出境，乃与范蠡计议发兵，从海道通江以袭吴。前队畴无余先及吴郊，王孙弥庸出战，不数合王子地引兵夹攻，畴无余马蹶被擒。次日，勾践大军齐到，太子友欲坚守，王孙弥庸曰："越人畏吴之心尚在，且远来疲敝，再胜之必走，即不胜，守犹未晚。"太子友惑其言，乃使弥庸出师迎敌，友继其后。勾践亲立于行阵，督兵交战。阵方合，范蠡、泄庸两翼呼噪而至，势如风雨。吴兵精勇惯战者，俱随吴王出征，吴国中皆未教之卒，那越国是数年练就的精兵，弓弩剑戟十分劲利，又范蠡、泄庸俱是宿将，怎能抵挡？吴兵大败，王孙弥庸为泄庸所杀，太子友陷于越军，冲突不出，身中数箭，恐被执辱，自刎而亡。越兵直至城下，王子地把城门牢闭，率民夫上城把守，一面使人往吴王告急。勾践乃留水军屯于太湖，陆营屯于胥门之间。使范蠡焚姑苏之台，火弥月不息，其余艎大舟，悉徙于湖中。吴兵不敢复出。

再说，王子地密报至，言："越兵入吴杀太子，焚姑苏台，现今围城，势甚危急。"夫差大惊，遂班师从江淮水路而回。

在途中连得告急之报。军士已知家国被袭,心胆俱碎,又且远行疲敝,皆无斗志。吴王犹率众与越相持,吴军大败。夫差惧,谓伯嚭曰:"汝言'越必不叛',故听之而归越王。今日之事,汝当为我来和于越。不然,子胥'属镂'之剑尚在,当以与汝!"伯嚭乃至越军,稽首于越王,求赦吴罪,其犒军之礼,悉如越之昔日。范蠡曰:"吴王尚未可灭也,姑许和以为太宰之惠,吴自今亦不振矣。"勾践乃许吴和,班师而归。此周敬王三十八年事也。

至周敬王四十二年,越王勾践探听得吴王自越兵退后,荒于酒色,不理朝政,况连岁凶荒,民心愁怨,乃又尽起境内士卒,大举伐吴。方出郊,于路上见一大蛙,目睁腹胀,似有

怒气。勾践肃然凭车轼而起。左右问曰："君何敬？"勾践曰："吾见怒蛙如欲斗之士，是以敬之。"军中皆曰："吾王敬及怒蛙，吾等受数年教训，岂反不如蛙乎？"于是交相劝勉，以必死为志。国人各送其子弟，皆泣涕诀别，相语曰："此行不灭吴，不复相见！"勾践又诏于军曰："父子俱在军中者，父归；兄弟俱在军中者，兄归；有父母无昆弟者归养；有疾病不能打仗者以告，给医药及粥。"军中感越王爱才之德，欢声如雷。行及江口，斩有罪者，以申兵法，军心肃然。吴王夫差闻越兵再至，亦尽起士卒迎敌于江上。越军屯于江南，吴兵屯于江北。越王将大军分为左右二阵，范蠡率右军，文种率左军。又私卒六千人，从越工为中阵。

明日，将战于江，乃于黄昏右侧令中军衔枚溯江而上五里，以待吴兵，戒以夜半鸣鼓而进。复令右军衔枚逾江十里，只等左军接战，右军上前夹攻，各用大鼓，务使鼓声震闻远近。吴兵至夜半，忽闻鼓声震天，知是越兵来袭，仓皇举火，尚未看得明白，远远地鼓声又起，两军相应，合围拢来。夫差大惊，急传令分军迎战，不期越王潜引私卒六千，金鼓大鸣，于黑暗中径冲吴中军。此时天色尚未明，但观前后左右中央，尽是越军，吴军不能抵挡，大败而走。勾践率三军紧紧追之，及于笠泽，复战，吴师又败。一连三战三北，名将王子姑曹、胥门巢等俱死，夫差连夜遁回，闭门自守。勾践从横山进兵，即今越来溪是也。筑一城于胥门之外，谓之越

城,欲以困吴。越王围吴多时,吴人大困,伯嚭托疾不出,夫差乃使王孙骆肉袒膝行而前,求和于越王。勾践意欲许之,范蠡曰:"君王早朝晏罢,谋之至二十年,奈何垂成而弃之?"遂不允其请。吴使往返七次,种、蠡坚执不肯,遂鸣鼓攻城,吴人不能复战。遂破城而入。

夫差闻越兵入城,伯嚭已降,遂同王孙骆及其三子,奔于阳山。勾践率千人追至,围之数重。夫差作书,系于箭上,射入越军。军人拾取呈上,种、蠡二人同启,视其词曰:"吾闻:'狡兔死而良犬烹。'敌国如灭,谋臣必亡,大夫何不存吴一线,以自为余地?"文种亦作书系箭而答之曰:"吴有大过者六:戮忠臣伍子胥,大过一也;以直言杀公孙圣,大过二也;太宰谗佞而听用之,大过三也;齐晋无罪,屡伐其国,大过四也;吴越毗连而侵伐,大过五也;越亲戕吴之前王,不知报仇,而纵敌贻患,大过六也。有此六大过,欲免于亡,得乎?"夫差得书,读至第六款大过,垂泪曰:"寡人不杀勾践,忘先王之仇,为不孝之子,此天之所以亡吴也!"王孙骆曰:"臣再请越王而哀恳。"夫差曰:"寡人不愿复国,若许为附庸,世世事越,固所愿矣。"骆至越军,种、蠡拒之,不得入。勾践望见吴使者,泣涕而去,意颇怜之。使人谓吴王曰:"寡人念君昔日之情,请置君于甬东,给夫妇五百家,以终王之世。"夫差含泪而对曰:"君王幸赦吴,吴亦君之外府也。若覆社稷、废宗庙,而以五百家为臣,孤老矣,不能从平民之列,孤唯死耳!"

越使者去,夫差乃太息数声,四顾而泣曰:"吾杀忠臣子胥、公孙圣,今自杀晚矣!"谓左右曰:"使死者有知,无面目见子胥、公孙圣于地下!必重罗三幅以掩吾面。"言罢,拔佩剑自刎。王孙骆解衣以覆吴王之尸,即以组带自缢于旁。勾践命以侯礼葬于阳山。

再说,越王入姑苏城,据吴王之宫,百官称贺,伯嚭亦在其列,恃其旧日周旋之恩,面有德色。勾践谓曰:"汝吴太宰也,寡人敢相屈乎? 汝君在阳山,何不从之?"伯嚭惭而退,勾践使力士执而杀之,灭其家,曰:"吾以报子胥之忠也。"

豫让击衣报襄子

话说战国时候，有个晋国人豫让，初事晋卿范氏、中行氏，未几，去而事智伯。

智伯名瑶，乃晋国六卿之一，智武子之孙，智宣子徐吾之子。徐吾卒，瑶嗣位，独专晋政。内有智开、智国等肺腑之亲，外有绨疵、豫让等忠谋之士。权尊势重，遂有代晋之志，召诸臣密议其事。谋士绨疵曰："四卿（按：智韩魏赵）势均力敌，一家先发，三家拒之。今欲谋晋室，宜先削三家之势。"智伯曰："何法削之？"绨疵曰："今越国方盛，晋失主盟，主公托言兴兵，与越争霸。假传晋侯之命，令韩、赵、魏三家各献地百里，以其田赋为军资。三家若从命割地，我坐而增三百里之封，智氏益强，而三家日削矣。有不从者，假传晋侯之命，领大军先除灭之。此'食果去皮'之法也。"智伯曰："此计甚妙。但三家先从哪家割起？"绨疵曰："智氏睦于韩、魏，而与赵有隙，宜先韩次魏。韩、魏既从，赵不能独异也。"智伯即遣智开至韩康子虎府中，虎延入中堂，叩其来意，智开曰："吾兄奉晋侯之命，治兵伐越。令三家各割采地百里，入于公家，取其田赋以充公用。吾兄命某

豫谋

致意,愿乞地界回复。"韩虎曰:"子且暂回,某来日即当报命。"智开去,韩康子虎召集群下谋曰:"智瑶欲挟晋侯以弱三家,故请割地为名。吾欲兴兵先除此贼,卿等以为何如?"谋士段规曰:"智伯贪而无厌,假君命以削吾地,苟用兵,是抗君也,彼将借以罪我。不如与之,彼得吾地,必又求之于赵、魏。赵、魏不从,必相攻击,吾得安坐而观其胜负。"韩虎然之。

次日,令段规画出地界百里之图,亲自进于智伯。智伯大喜。

越日,智伯再遣智开求地于魏桓子驹。驹欲拒之,谋臣任章曰:"若求地而与之,失地者必惧,得地者必骄,骄则轻敌,惧则相亲。以相亲之众,待轻敌之人,智氏之亡可待矣。"魏驹曰:"善。亦以万家之邑献之。"智伯乃遣其兄智宵,求蔡皋狼之地于赵氏。赵襄子无恤,衔其旧恨,怒曰:"土地乃先世所传,安敢弃之? 韩、魏有地与之,吾则不能媚人也!"智宵回报,智伯大怒,尽出智氏之兵,使人邀韩、魏二家,共攻赵氏,约以灭赵氏之日,三分其地。韩虎、魏驹,一来惧智伯之强,二来贪赵氏之地,各引一军,从智伯征进。智伯自将中军,韩军在右,魏军在左,杀奔赵府中,欲擒赵无恤。赵氏谋臣张孟谈预知兵到,奔告无恤曰:"寡不敌众,主

公宜速逃难！"无恤曰："逃在何处方好？"张孟谈曰："莫如晋阳。主公宜速行，不可迟疑！"无恤即率领张孟谈、高赫等，往晋阳疾走。智伯勒二家之兵，以追无恤。

无恤行至晋阳，晋阳百姓携老扶幼，迎接入城，驻扎公宫。无恤见百姓亲附，又见晋阳城堞高固，仓廪充实，心中稍安。即时晓谕百姓，登城守望。

再说，智、韩、魏三家兵到，分作三大营，联络而居，把晋阳围得与铁桶相似。晋阳百姓，情愿出战者甚众，齐赴公宫请令。无恤召张孟谈商议，孟谈曰："彼众我寡，战未必胜，不如深沟高垒，坚闭不出，以待其变。韩、魏无仇于赵，特为智伯所迫耳，两家割地，亦非心愿。虽同兵而实不同心，不出数月，必有自相疑猜之事，岂能久乎？"无恤纳其言，亲自抚谕百姓，示以协力固守之意。军民互相劝勉，虽妇女童稚，亦皆欣然，愿效死力。有敌兵近城，每用强弩射之。

三家围困岁余，不能取胜。智伯乘小车周行城外，叹曰："此城坚如铁瓮，安可破哉？"正怀闷间，行至一山，见山下泉流万道，滚滚东逝，招土人问之。答曰："此山名曰龙山，山腹有巨石如瓮，故又名悬瓮山。晋水东流，与汾水合，此山乃发源之处也。"智伯曰："离城几何里？"土人曰："自此至城西门可十里之遥。"智伯登山以望晋水，又绕城东北，相度了良久，忽然省悟曰："吾得破城之策矣！"即时回寨请韩、魏二家计议，欲引水灌城。韩虎曰："晋水东流，岂能决之使西乎？"智伯曰："吾非引晋水也。晋水发源于龙山，其流如注。若于龙山高阜处掘成大渠，预为蓄水之地，然后将晋水上流坝断，使水不归于晋川，势必尽注新渠。方今春雨将降，山水必大发。俟水到之日，决堤灌城，城中之人皆为鱼鳖矣。"韩、魏齐声赞曰："此计甚妙！"智伯曰："今日便须派定路数，各司其事。韩公把守东路，魏公把守南路，须早夜用心，以防奔突。我将大营移屯龙山，兼守西北二路，专督开渠筑堤之事。"韩、魏领命辞去。

智伯传下号令，多备锹锸，凿渠于晋水之北，次将各处泉流下泻之道，尽皆坝断。后于渠之左右，筑起高堤，凡山坳泄水之处，都有堤坝。那泉源泛溢，奔激无归，只得往北而走，尽注新渠。却将闸板，渐次增添，截住水口，其水便有留而无去，有增而无减了。一月之后，果然春雨大降，山水骤涨，渠水顿与堤平。智伯使人决开北面，其水从北溢出，竟灌入晋阳城来。

是时城中虽被围困，百姓向来富庶，不苦冻饿，况城基筑得十分坚厚，虽经水浸，并无剥损。过数日，水势愈高，渐渐灌入城中。房屋不是倒塌，便是淹没，百姓无地可栖，无灶可爨，只得筑巢而居，悬釜而炊。公宫虽有高台，无恤不敢安居，与张孟谈不时乘竹筏，周视城垣。但见城外水声淙淙，一片汪洋，再加四五尺，便冒过城头了。无恤心下暗暗惊恐，且喜守城军民，昼夜巡哨，未尝疏怠。无恤乃私谓张孟谈曰："倘山水再涨，阖城皆为鱼鳖，将若之何？"孟谈曰："韩、魏献地，未必甘心。臣请今夜潜出城外说韩、魏之君，反攻智伯，方脱此患。"无恤曰："兵围水困，虽插翅亦不能飞出也！"孟谈曰："臣自有计，吾主不必忧虑。主公但令诸将多造船筏，臣说得行，智伯之头，指日可取矣！"无恤许之。

孟谈知韩康子屯兵于东门，乃假扮智伯军士，于昏夜越城而出，径奔韩家大寨，只说："智元帅有机密事差某面禀。"韩虎正坐帐中，使人召入。其时军中严紧，凡进见之人，俱搜检干净，方才放进。张孟谈既与军士一般打扮，身上又无夹带，并不疑心。孟谈既见韩虎，乞屏左右。虎命从人闪开，叩其所以。孟谈曰："某非军士，实乃赵氏之臣张孟谈也。吾主被围日久，亡在旦夕，恐一旦身死家灭，无由布其腹心。故特遣臣假作军士，潜行至此，求见将军，有言相告。将军容臣进言，臣敢开口，如不然，臣请死于将军之前！"韩虎曰："汝有话但说，有理则从。"孟谈曰："昔日六卿和睦，同执晋政。自范氏、中行氏，不得众心，自取覆灭。今存者，唯智、韩、魏、赵四家耳。智伯无故欲夺赵氏蔡皋狼之地，吾主念先世之遗，不忍割舍，未有得罪于智伯也。智伯自恃其强，纠合韩、魏，欲攻灭赵氏。赵氏亡，则祸必次及于韩、魏矣。"韩虎沉吟未答。孟谈又曰："今日韩、魏所以从智伯而攻赵者，指望城破之日，三分赵氏之地耳。夫韩、魏不尝割万家之邑，以献智伯乎？世传疆土，彼尚垂涎而夺之，未闻韩、魏敢出一语相抗也，况他人之地乎？赵氏灭，则智氏益强，韩、魏能引今日之劳，与之争厚薄乎？即使今日三分赵地，能保智氏异日之不再请乎？将军请细思之。"韩虎曰："汝之意欲如何？"孟谈曰："依臣愚见，莫若与吾主私和，反攻智伯，同是得地，而智氏之地，多倍于赵，且以除异日之患，世为唇齿，岂不美哉？"韩虎曰："汝言亦似有理，俟吾与魏家计议。汝且去，三日后来取回复。"孟谈曰："臣万死一生，此来非同容易。军中耳目，难保不泄。愿在此三日，以待尊命。"

韩虎使人密召段规，告以孟谈所言。段规深赞孟谈之谋。韩虎使孟谈与段规相见，段规留孟谈同幕而居，二人深相结纳。

次日，段规奉韩虎之命，亲往魏桓子营中，密告："赵氏有人，到军中讲话。如此这般……吾主不敢擅便，请将军裁决。"魏驹曰："但恐缚虎不成，反为所噬耳。"段规曰："智伯不能相容，势所必然。与其悔于后日，不如断于今日。赵氏将亡，韩、魏存之，其德我必深，不尚愈与凶人共事乎？"魏驹曰："此事当熟思而行，不可造次。"段规辞去。

到第二日，智伯亲自行水，遂治酒于龙山，邀请韩、魏二将军，同视水势。饮酒中间，智伯喜形于色，遥指着晋阳城谓韩、魏曰："城不没者仅三版（按：八尺为版）矣！吾今日方知水之可以亡人国也！晋国之盛，表里山河。汾、浍、晋、绛，皆号巨川，以吾观之，水不足恃，适足速亡耳。"魏驹私以肘撞韩虎，韩虎蹑魏驹之足，二人相视，皆有惧色，须臾席散，辞别而去。絺疵谓智伯曰："韩、魏二家，必反矣！"智伯曰："汝何以知之？"絺疵曰："臣未察其言，已观其色。"主公与二家约灭赵之日，三分其地。今赵城旦夕必破，二家无得地之喜，而有虑患之色，是以知必反也。智伯曰："吾与二氏方欢然同事，彼何虑焉？"絺疵曰："主公言：'水不足恃，适速其亡。'夫晋水可以灌晋阳，汾水可以灌安邑——魏地，绛水可以灌平阳——韩地。主公言及晋阳之水，二君安得不虑乎？"

至第三日，韩虎、魏驹亦移酒于智伯营中，答其昨日之情。智伯举觞未饮，谓韩虎曰："瑶素负直性。昨有人言二位将军有中变之意，不知果否？"韩虎、魏驹齐声答曰："元帅信乎？"智伯曰："吾若信之，岂肯当面问将军哉？"韩虎曰："闻赵氏大出金帛，欲离间吾三人。此必谗臣受赵氏之私，使元帅疑我等，因而懈于攻围，庶几脱祸耳。"魏驹亦曰："此言甚当。不然，城破在即，谁不愿剖分其土地，乃舍此目前必获之利，而蹈不可测之祸乎？"智伯笑曰："吾亦知二位必无此心，乃絺疵之过虑也。"韩虎曰："元帅今日虽然不信，恐早晚再有言者，使吾两人忠心无以自明，岂不堕谗臣之计乎？"智伯以酒酹地曰："今后彼此相猜，有如此酒！"虎、驹拱手称谢。

是日，饮酒倍欢，将晚而散。絺疵随后入见智伯曰："主公奈何以臣之言，泄漏于二君耶？"智伯曰："汝又何以知之？"絺疵曰："方才臣遇二君于辕门，二君端目视臣，已而疾走。彼谓臣已知其情，有惧臣之心，故遄急如此。"智伯笑曰："吾与二子酹酒为誓，各不相猜。汝勿妄言，自伤和气。"絺疵退而叹曰："智氏之命不长矣！"乃诈言暴得寒疾，求医治疗，遂逃奔秦国去了。

再讲，韩虎、魏驹从智伯营中归去，路上二君定计，与张孟谈歃血订约，期于明日夜半，决堤泄水："你家只看水退为

国韵故事汇

信,便引城内军士杀将出来,共擒智伯。"孟谈领命入城,报知无恤,无恤大喜,暗暗传令结束停当,等待接应。

到期,韩虎、魏驹暗地使人杀死守堤军士,于四面掘开水口。水从西决,反灌入智伯营寨。军中惊乱,一片声喊起。智伯从睡梦中惊醒起来,水已及于卧榻,衣被俱湿。还认道巡视疏虞,偶然堤漏,急唤左右快去救水塞堤。须臾水势愈大,却得智国、豫让率领水军驾筏相迎,扶入舟中回视本营,波涛滚滚,营垒俱陷,军粮器械,漂荡一空。营中军士,尽从水中浮沉挣命。智伯正在凄惨,忽闻鼓声大震。韩、魏二家之兵,各乘小舟趁着水势杀来,将智家军乱砍,口中只叫:"拿智瑶来献者重赏!"智伯叹曰:"吾不信絺疵之

言,果中其诈!"豫让曰:"事已急矣!主公可从山后逃匿,奔入秦国请兵,臣当以死拒敌。"智伯从其言,遂与智国摇小舟转出山背,谁知赵襄子无恤也料智伯逃奔秦国,却遣张孟谈从韩、魏二家追逐智军,自引一队伏于龙山之后,凑巧相遇。无恤亲缚智伯,数其罪,斩之,智国投水溺死。

豫让鼓励残兵,奋勇迎战,争奈寡不敌众,手下渐渐解散。及闻智伯已擒,遂变服逃往石室山中,智氏一军尽没。

三家收兵在一处,将各路坝闸,尽行折毁,水复东行,归于晋川。晋阳城中之水方才尽退。无恤安抚居民已毕,谓韩、魏曰:"我赖二公之力,保全残城,实出望外。然智伯虽死,其族尚存,斩草留根,终为后患。"韩、魏曰:"当尽灭其宗,以泄吾等之恨!"无恤即同韩、魏回至绛州,诬智氏以叛逆之罪,围其家,无男女少长,尽行屠杀。宗族俱尽。

韩、魏所献地,各自收回,又将智氏食邑,三份均分,无一民尺土入于公家。此周贞定王十六年事也。

无恤恨智伯不已,漆其头颅为泄便之器。豫让在石室山中,闻知其事,涕泣曰:"'士为知己者死。'吾受智氏厚恩,今国亡族灭,辱及遗骸,吾偷生于世,何以为人?"乃改姓名,诈为囚徒服役者,挟利匕首,潜入赵氏厕所之中,欲候无恤登厕,乘间刺之。无恤到厕,忽然心动,使左右搜厕所中,牵豫让出见无恤。无恤乃问曰:"汝身藏利器,欲行刺于吾耶?"豫让正色答曰:"吾智氏亡臣,欲为智伯报仇耳!"左右

曰:"此人叛逆可杀。"无恤止之曰:"智伯身死无后,而豫让欲为之报仇,真义士也!杀义士者不祥。"令放豫让还家,临去又召问曰:"吾今放汝,能释前仇否?"豫让曰:"释臣者,主之私恩;报仇者,臣之大义。"左右曰:"此人无礼,放之必为后患。"无恤曰:"吾已许之,可失信乎?今后但谨避之可耳!"即日归晋阳,以避豫让之祸。

却说,豫让回至家中,终日思报君仇,未能就计。其妻劝其再仕韩、魏,以求富贵。豫让怒,拂衣而出。思欲再入晋阳,恐其认识不便,乃削发去眉,漆其身为癞,乞丐于市中。妻往市跟寻,闻呼乞声,惊曰:"此吾夫之声也!"趋视见豫让曰:"其声像而其人则非。"遂舍去。豫让嫌其声音如旧,复吞炭变为哑喉，再乞于市。妻虽闻声，亦不再疑。有友人素知豫让之志，见乞者行动，心疑为让，暗呼其名，果是也。乃邀至家中进饮食。谓曰："汝报仇之志决矣，然未得报之术也。以汝之才，若诈投赵氏，必得重用。此时乘隙行事，唾手而得，何苦毁形灭性，以求成其事乎？"豫让谢曰："吾既臣赵氏，而复行刺，是二心也。今吾漆身吞炭为智伯报仇，正欲使人臣怀二心者，闻吾风而知愧耳。请与汝诀，勿再相见！"遂奔晋阳而来，行乞如故，更无人识之者。

赵无恤在晋阳观智伯新渠已成之业，不可复废，乃使人

建桥于渠上，以便来往，名曰赤桥。桥既成，无恤驾车出观。豫让预知无恤观桥，复怀利刃，诈为死人，伏于桥梁之下。无恤之车将近赤桥，其马忽悲嘶却步。御者连鞭数鞭，亦不前进。张孟谈进曰："臣闻：'良骥不陷其主。'今此马不渡赤桥，必有奸人藏伏，不可不察。"无恤停车，命左右搜检。回报："桥下并无奸细，只有一死人僵卧。"无恤曰："新筑桥梁，安得便有死尸？必豫让也。"命拽出视之，形容虽变，无恤尚能识认。骂曰："吾前已曲法赦汝，今又来谋刺，皇天岂佑汝哉！"命牵去斩之。豫让呼天而号，泪与血下。左右曰："汝畏死耶。"让曰："某非畏死，痛某死之后，别无报仇之人耳！"无恤召回问曰："汝先事范氏，范氏为智伯所灭，汝忍耻偷生，反事智伯，不为范氏报仇。今智伯死亡，独替他报仇，何也？"豫让曰："我前事范氏，只以众人相待，吾亦以众人报之；及事智伯，蒙其解衣推食，以国士相待，吾当以国士报之。岂可一例而观耶？"无恤曰："汝心如铁石不转，吾不再赦汝矣！"遂解佩剑，责令自杀。豫让曰："臣闻：'忠臣不忧身之死，明主不掩人之义。'蒙君赦宥，于臣已足，今日臣岂望再活？但两计不成，愤无所泄，请君脱衣与臣击之，以寓报仇之意，臣死亦瞑目矣。"无恤怜其志，脱下锦袍，使左右递与豫让，让执剑在手，怒目视袍如对无恤之状，三跃而三砍之曰："吾今可以报智伯于地下矣！"遂伏剑而死。无恤见豫让自刎，心甚悲之，即命收葬其尸。

西门豹乔送河伯妇

话说，西门豹乃战国时候魏国人，仕于魏文侯。资性明达，识见高远；尝随乐羊子破中山，甚著功绩。

时邺郡缺守，大夫翟璜谓魏文侯曰："邺在上党、邯郸之间，与韩、赵为邻；必得强明之士以守之，非西门豹不可。"文侯即用西门豹为邺郡守。

西门豹至邺郡，见闾里萧条，人民稀少，召父老至前，问其所苦。父老曰："苦为'河伯娶妇'。"西门豹曰："怪事！怪事！河伯如何娶妇？汝为我详言之。"父老曰："漳水自漳岭而来，由沙城而东，经于邺，为漳河。河伯即漳河之神也。其神喜欢美妇，岁纳一夫人。若择妇嫁之，常保年丰岁稔，雨水调匀；不然，神怒，致水波泛溢，漂溺人家。"西门豹曰："此事谁人倡始？"父老曰："此邑之巫者所言也。俗畏水患，不敢不从。每年，里豪及廷掾与巫者共计，令民纳钱数百万，用二三十万，为'河伯娶妇'之费，其余则共分用之。"西门豹问曰："百姓任其瓜分，岂无一言乎？"父老曰：

西門豹

"巫者主祝祷之事,至于廷掾、有科敛奔走之劳,公用公费,故所甘心。更有至苦,当春初布种,巫者遍访人家女子,有几分颜色者,即云:'此女当为河伯夫人。'不愿者多将财帛买免,别觅他女;有贫民不能买免,只得将女与之。巫者治斋宫于河上,绛帷床席,铺设一新,将此女沐浴更衣,居于斋宫之内。择定吉日,编苇为舟,使女登之,浮于河,流数十里乃灭。人家苦此烦费,又有爱女者,恐为河伯所娶,携女远窜,所以城中愈空。"西门豹曰:"汝邑曾受漂溺之患否?"父老曰:"赖岁岁娶妇,不曾触河神之怒。但漂溺虽免,奈本邑土高路远,河水难达,每逢岁旱,又有干枯之患。"豹曰:"神既有灵,当嫁女时,吾亦欲往送,当为汝祷之。"

至期，父老果然来禀。西门豹具衣冠亲往河上，凡邑中官属、三老豪户、里长父老，莫不毕集，百姓远近皆会，聚观者数千人。三老里长等引大巫来见，其貌甚傲。豹视之，乃一老女子也。小巫女弟子，二十余人，衣冠楚楚，悉持巾栉炉香之类，随侍其后。西门豹曰："劳苦大巫，烦呼河伯妇来，我欲视之。"老巫顾弟子使唤之，西门豹视女子，鲜衣素袜，颜色中等。西门豹谓巫妪及三老众人曰："河伯贵神，女必有殊色，方才相称。此女不佳，烦大巫为我入报河伯，但传太守之语："更当别求好女子，后日送之。"言罢，即使吏卒数人，共抱老巫，投之于河，左右莫不惊惶失色。西门豹静

立俟之,良久曰:"妪年老不善干事,去河中许久,尚无回话。弟子为我催之。"又使吏卒抱弟子一人,投于河中。少顷,又曰:"弟子去何久耶?"再使弟子一人催之。又嫌其迟,更投一人。凡投弟子三人,入水即没。西门豹曰:"是皆女子之流,传话不明。烦三老入河,明白言之。"三老方欲辞,西门

豹喝："快去！即取回复。"吏卒左牵右拽，不由分说，又推入河中，逐波而去。旁观者皆为吐舌，西门豹鞠躬向河，恭敬以待。约莫又一个时辰，又曰："三老年高，亦复不济，须得廷掾、里豪往告。"那廷掾里豪，吓得面如土色，汗流浃背，一齐叩头哀求，流血满面，坚不肯起。西门豹曰："且俟

须臾。"众人战战兢兢，又过一刻，西门豹曰："河水滔滔，去而不返，河伯安在？枉杀民间女子，汝曹罪当偿命！"众人又叩头谢曰："从来都被巫妪所欺，非某等之罪也！"西门豹曰："巫妪已死，今后再有言'河伯娶妇'者，即令其人为媒，往报河伯！"于是将廷掾、里豪、三老吞没财赋，皆追出散还民间，又使父老，即于百姓中，询其年长无妻者，以女弟子嫁之。巫风遂绝。百姓逃避者，复还乡里。

西门豹又相度地形，看漳水可通处，发民凿渠各十二处，引漳水入渠。既减河势，所有田亩又得渠水浸灌，从此无旱干之患，禾稻倍收，家给户足，百姓乐业，于是颂西门豹之德，不绝于口。

马陵道

话说，战国时候，魏人庞涓与齐人孙膑俱学兵法于鬼谷子。涓仕于魏国，魏惠王拜为元帅，兼军师之职。涓子庞英，侄庞葱、庞茅，俱为列将。涓练兵训武，先侵卫、宋诸小国，屡屡得胜。宋、鲁、卫、郑诸君，相约联翩来朝。适齐兵侵境，涓复御却之，自是名震诸侯。

后魏惠王闻孙膑之贤，乃使使聘之。膑既至魏国，即寓于庞涓府中。次日，同入朝中，谒见惠王。惠王降阶迎接，其礼甚恭。膑再拜奏曰："臣乃村野匹夫，过蒙大王聘礼，不胜惭愧。"惠王曰："寡人望先生之来，如渴思饮，今蒙下降，大慰平生。"遂问庞涓曰："寡人欲封孙先生为副军师之职，与卿同掌兵权，卿意如何？"庞涓对曰："臣与孙膑，同窗结义，膑乃臣之兄也，岂可以兄为副？不若权拜客卿，候有功绩，

臣当让爵,甘居其下。"惠王准奏,即拜膑为客卿。客卿者,半为宾客,不以臣礼加之,外示优崇,不欲分兵权于膑也。

过数日,惠王欲试孙膑之能,乃阅武于教场,使孙、庞二人,各演阵法。庞涓布的阵法,孙膑一见,即便分说:"此为某阵,用某法破之。"孙膑排成一阵,庞涓茫然不识,私问于孙膑,膑曰:"此即'颠倒八门阵'也。"涓曰:"有变乎?"膑曰:"攻之则变为'长蛇阵'矣。"庞涓探了孙膑说话,先报惠王曰:"孙子所布,乃'颠倒八门阵',可变长蛇。"已而惠王问于孙膑,所对相同。魏王以庞涓之才,不弱于孙膑,心中愈喜。

只有庞涓回府,思想:"孙子之才,大胜于吾,若不将其除去,异日必为欺压。"心生一计,于相会中间,私叩孙子曰:

"吾兄宗族俱在齐国,今兄已仕魏国,何不遣人迎至此间,同享富贵?"孙膑垂泪言曰:"子虽与吾同学,未悉吾家门之事也!吾四岁丧母,九岁丧父,育于叔父孙乔身畔,叔父仕于齐康公为大夫。及田太公迁康公于海上,尽逐其故臣,多所诛戮。吾宗族离散,叔与从兄孙平、孙卓,携吾避难奔周。吾后来年长,闻人言鬼谷先生道高而心慕之,是以单身往学。又复数年,家乡杳无音信。岂有宗族可问者?"庞涓又问曰:"然则兄长亦还忆故乡坟墓否?"膑曰:"人非草木,岂能忘之。"庞涓遂辞别归家。

约过半年,孙膑所言,都已忘怀了。一日,朝罢方回,忽有汉子似山东人语音,问人曰:"此位是孙客卿否?"膑随唤入府,叩其来历,那人曰:"小人姓丁名乙,临淄人氏,在周客贩。令兄有书托某送到鬼谷先生处,闻贵人已得仕魏邦,迁

路来此。"说罢,将书呈上。孙膑接书在手,拆窥之,略云:
"愚兄平、卓字达贤弟亲览:吾自家门不幸,宗族荡散,不觉
已三年矣!向在宋国为人耕牧,汝叔一病去世,异乡零落,
苦不可言!今幸吾王尽释前嫌,招还故里,正欲奉迎吾弟,
重立家门。近闻吾弟仕于魏邦,兹因某客之便,作书报闻,
幸早为归计,兄弟复得相见!"

　　孙膑得书,认以为真,不觉大哭。丁乙曰:"承贤兄吩
咐:'劝贵人早早回乡,骨肉相聚。'"孙膑曰:"吾已仕于此,
此事不可造次。"乃款待丁乙饮酒,付以回书。前面亦叙思

乡之语,后云:"弟已仕魏,未可便归,俟稍有建立,然后徐作回家之计。"送丁乙黄金一锭为路费。丁乙接了回书,当下辞去。

谁知来人不是什么丁乙,乃是庞涓手下心腹徐甲也。庞涓套出孙膑来历姓名,遂假造孙平、孙卓手书,教徐甲假称齐商丁乙,投见孙膑。孙膑兄弟自小分别,连手迹都不分明,遂认以为真了。

庞涓骗得回书,遂仿其笔迹,改后数句云:"弟今虽身仕魏国,但故土难忘,心殊悬念。不日当图归计,以尽手足之欢。倘或齐王不弃微长,自当尽力报效。"于是入朝私见惠王,屏去左右,将伪书呈上,言:"孙膑有背魏向齐之心,近日私通齐使,取有回书。臣遣人邀截于郊外,搜得在此。"惠王看毕曰:"孙膑心系故土,岂以寡人未能重用,不尽其才耶?"涓对曰:"父母之邦,谁能忘情?大王虽重用膑,膑心已恋齐,必不能为魏尽力。且膑才不下于臣,若齐用为将,必定与魏争雄。此大王异日之患也,不如杀之。"惠王曰:"孙膑应聘而来,今罪状未明,忽然杀之,恐天下议寡人之轻士矣。"涓对曰:"大王之言甚善。臣当劝谕孙膑,倘肯留魏国,大王重加官爵。若其不然,大王发到微臣处议罪,微臣自有区处。"

庞涓辞了惠王,往见孙子,问曰:"闻兄已得家报有之乎?"膑是忠直之人,全不疑虑,遂应曰:"果然。"因备述书中要他还乡之意。庞涓曰:"弟兄久别思归,人之至情,兄长何不于魏王前暂请一二月之假,归视坟墓,然后再来?"膑曰:"恐王见疑,不允所请。"涓曰:"兄试请之,弟当从旁力助。"膑曰:"全仗贤弟玉成。"是夜庞涓又入见惠王,奏曰:"臣奉大王之命,往谕孙膑。膑意决不愿留,且有怨望之语。若目下有表章请假,主公便发其私通齐使之罪。"惠王点头。

次日,孙膑果进上一通表章,乞假月余,还齐扫墓。惠王见表大怒,批表尾云:"孙膑私通齐使,今又告归,显有背魏之心,有负寡人委任之意。可削其官爵,发军师府问罪。"军政司奉旨将孙膑拿到军师府来见庞涓。涓一见佯惊曰:"兄长何为到此?"军政司宣惠王之命。庞涓领旨讫,问膑

曰:"吾兄受此奇冤,愚弟当于王前力保。"言罢,命舆人驾车,来见惠王,奏曰:"孙膑虽有私通齐使之罪,然罪不至死。以臣愚见,不若刖而黥之,使为废人,终身不能退归故土。既全其命,又无后患,岂不两全? 微臣不敢自专,特来请旨。"惠王曰:"卿处分最善。"

庞涓辞回本府,谓孙膑曰:"魏王十分恼怒,欲加兄极刑。愚弟再三保奏,恭喜得全性命,但须刖足黥面。此乃魏国法度,非愚弟不尽力也。"孙膑叹曰:"今得保首领,实仗贤弟之力,不敢忘报!"庞涓遂唤刀斧手将孙膑绑住,剔去双膝盖骨。膑大叫一声,昏厥倒地,半晌方苏。又用针刺面,成'私通外国'四字,以墨涂之。庞涓假意啼哭,以刀疮药敷膑之膝,用帛缠裹,使人抬至书房,好言抚慰,好食将息。约过月余,孙膑疮口已合,只是膝盖既去,两腿无力,不能行动,只好盘足而坐。

从此孙膑成为废人,而庞涓意犹未足,欲置孙膑于死地。此消息却为近侍泄漏,孙膑闻知大惊,道:"原来庞涓如此阴险。"遂心生一计,假装疯癫。当日晚餐方设,膑正欲举箸,忽然昏愦,做呕吐之状,良久发怒,张目大叫曰:"汝何以毒药害我?"将瓶盂抛去,扑身倒地,口中含糊骂詈不绝。侍者不知是诈,慌忙奔告庞涓。涓次日亲自来看,膑痰涎满面,伏地呵呵大笑,忽然大哭。庞涓问曰:"兄长为何而笑?为何而哭?"膑曰:"吾笑者笑魏王欲害我命,吾有十万天兵相助，能奈我何；吾哭者哭魏邦没有孙膑，无人当大将也！"说罢，复睁目视涓，磕头不已，口中叫："鬼谷先生，乞救我孙膑一命！"庞涓曰："我是庞涓，休得错认了！"膑牵住庞涓之袍，不肯放手，乱叫："先生救命！"庞涓命左右扯脱，私问侍者曰："孙膑病症是几时发的？"侍者曰："是夜来发的。"

涓上车而去，心中疑惑不已。恐其佯狂，欲试其真伪，命左右拖入猪圈中，粪秽狼藉。膑披发覆面，倒身而卧，再使人送酒食与之，诈云："吾小人哀怜先生被刖，聊表敬意。元帅不知也。"孙子已知是庞涓之诈，怒目狰狞，骂曰："汝又来毒我耶？"将酒食倾翻地下。使者乃拾狗食及泥块以进，膑取而食之。于是还报庞涓，涓曰："此真中狂疾，不为虚矣！"自此纵放孙膑，任其出入。膑或朝出晚归，仍卧猪圈之内，或出而不返，宿于市井之间。或谈笑自若，或悲号不已，狂言诞语，不绝于口，无有知其为假疯魔者。庞涓却吩咐地方，每日早晨，具报孙膑所在，尚不能置之度外也。

时墨翟云游至齐，客于田忌之家。其弟子禽滑从魏而至，将孙子被刖之事，述于墨翟。翟乃将孙膑之才及庞涓妒忌之事，转述于田忌，田忌言于威王曰："国有贤人，而令见辱于异国，大不可也。"威王曰："寡人发兵以迎孙子如何？"田忌曰："庞涓，不容膑仕于本国，肯容仕于齐国乎？欲迎孙子，须是如此这般……密载以归。可保万全。"

威王用其谋，即令客卿淳于髡，假以进茶为名，至魏欲见孙子。淳于髡领旨，押了茶车，捧了国书，竟至魏国。禽滑装作从者随行，到魏都见了魏惠王，致齐侯之命。惠王大喜，送淳于髡于馆驿。禽滑见膑发狂，不与交言，半夜私往候之。膑背靠井栏而坐，见禽滑，张目不语。滑垂涕曰："汝困至此乎？可识禽滑否？今吾师言汝之冤于齐王，齐王甚相倾慕。淳于公此来，非为贡茶，实欲载君入齐，为君报刖足之仇耳！"孙膑泪流如雨，良久言曰："某已分死于沟渠，不期今日有此机会。但庞涓疑虑太甚，恐不便携带，如何？"禽滑曰："吾已定下计策，孙卿不须过虑，俟有行期，即当相迎。约定只在此处相会，万勿移动！"

次日，魏王款待淳于髡，知其善辩之士，厚赠金帛。髡辞了魏王欲行，庞涓复置酒长亭祖饯。禽滑先于是夜将温车藏了孙膑，却将孙膑衣服与役人王义穿着，披头散发，以泥土涂面，装作孙膑模样。地方已经具报，庞涓因此不疑。淳于髡既出长亭，与庞涓欢饮而别，先使禽滑驱车速行，亲自押后。过数日，王义亦脱身而来，但见肮脏衣服脱作一地，已不见孙膑矣。即时报知庞涓，涓疑其投井而死，使人打捞尸首，不得。连连查访，并无影响。反恐魏王见责，戒左右只将孙膑溺死申报，亦不疑其投齐也。

再说，淳于髡载孙膑离了魏境，方与沐浴。即入临淄，田忌亲迎于十里之外，言于威王，使乘蒲车入朝。威王叩以兵法，即欲拜官，孙膑辞曰："臣未有寸功，不敢受爵。庞涓

若闻臣用于齐,又起妒忌之端,不若姑隐其事,俟有用臣之处,然后效力何如?"威王从之,乃使居田忌之家,忌尊为上客。

却说,魏惠王既废孙膑,责成庞涓恢复中山之事。庞涓奏曰:"中山远于魏而近于赵,与其远争,不如近割。臣请为王直取邯郸,何如?"惠王许之。庞涓遂出车五百乘伐赵,围邯郸。邯郸守臣牛选,连战俱败,上表赵成侯,成侯使人以中山赂齐求救。齐威王已知孙子之能,拜为大将。膑辞曰:"臣刑余之人,而使主兵,显齐国别无人才,为敌所笑,请以田忌为将。"威王乃用田忌为将,孙膑为军师,常居辎车之中,阴为划策,不显其名。田忌欲引兵救邯郸，膑止之曰："赵将非庞涓之敌，待我至邯郸，其城已下矣。不如驻兵于中道，扬言欲伐襄陵。庞涓必还，还而击之，无不胜也。"忌用其谋。

时邯郸候救不至，牛选以城降涓。涓遣人报捷于魏王，正欲进兵，忽闻齐遣田忌乘虚来袭襄陵，庞涓惊曰："襄陵有失，安邑震动！吾当还救根本。"乃班师。离桂陵二十里，便遇齐兵。原来孙膑早已打听魏兵到来，预做准备。先使牙将袁达，引三千人截路搦战。庞涓族子庞葱前队先到，迎住厮杀，约战二十余合，袁达诈败而走，庞葱恐有计策，不敢追赶，却使禀知庞涓，涓叱曰："谅偏将尚不能擒取，安能擒田忌乎？"即引大军追之。

将及桂陵，只见前面齐兵排成阵势，庞涓乘车观看，正是孙膑初到魏国时摆的"颠倒八门阵"。庞涓心疑，想道："那田忌如何也晓此阵法？莫非孙膑已归齐国乎？"当下亦布队成列，只见齐军中闪出大将田旗号，推出一辆戎车。田忌全装披挂，手执画戟，立于车中，田婴挺戈立于车中。田忌口呼："魏将能事者，上前打话！"庞涓亲自出车，谓田忌曰："齐魏一向和好，魏赵有怨，何与齐事？将军弃好寻仇，实为失计！"田忌曰："赵以中山之地献于吾主，吾主命吾领兵救之，若魏亦割数郡之地，付于吾手，吾当即退。"庞涓大怒曰："汝有何本事，敢与吾对阵？"田忌曰："你既有本事，能识我阵否？"庞涓曰："此乃'颠倒八门阵'，吾受之鬼谷子，汝

国韵故事汇

何处窃取一二？反来问我。我国中三岁孩童，皆能识之！"
田忌曰："汝既能识，敢打此阵否？"庞涓心下踌躇："若说不
打，丧了志气。"遂厉声应曰："既能识，如何不能打！"庞涓吩
咐庞英、庞葱、庞茅曰："记得孙膑曾讲此阵，略知攻打之法。
但此阵能变长蛇，击首则尾应，击尾则首应，击中则首尾皆
应，攻者辄为所困。我今去打此阵，汝三人各领一军，只看
此阵一变，三队齐进，首尾不能相顾，则阵可破矣。"

　　庞涓吩咐已毕，自领先锋五千人，上前打阵。才入阵
中，只见八方旗色，纷纷转换，认不得门路。东冲西撞，戈甲
如林，只闻得金鼓乱鸣，四下呐喊，竖的旗上俱有军师"孙"
字。庞涓大骇曰："孙膑果在齐国，吾堕其计矣！"正在危急，
却得庞英、庞葱两路兵杀进，单单救出庞涓。那五千先锋，
不剩一人。问庞茅时，已被田婴所杀，共损军二万余人，庞
涓甚是感伤。

　　原来八卦阵本按八方，连中央戊己，共是九队车马，其
形正方。比及庞涓入来打阵，抽去首尾二军为二角，以遏外
救，只七队车马，变为圆阵，以此庞涓迷惑。

　　庞涓知孙膑在军中，心中惧怕，与庞英、庞葱商议弃营
而遁，连夜回魏国去了。田忌与孙膑探知空营，奏凯回齐。
此周显王十七年之事。魏惠王以庞涓有取邯郸之功，虽然
桂陵丧败，将功折罪。

　　齐威王遂宠任田忌、孙膑，专以兵权委之。

明年，齐威王薨，子辟疆即位，是为宣王。是时韩昭侯灭郑国而都之，赵相国公仲侈赴韩称贺，因请同起兵伐魏，约以灭魏之日，同分魏地。昭侯应允，回言："偶值荒岁，俟来年当从兵进讨。"庞涓访知此信，言于惠王曰："闻韩谋助赵攻魏，今乘其未合，宜先伐韩，以阻其谋。"惠王许之，使太子申为上将军，庞涓为大将，起倾国之兵，直至韩都，韩昭侯遣人告急于齐，求其出兵相救。齐宣王大集群臣，问以："救韩与不救，孰是孰非？"相国驺忌曰："韩魏相并，此邻国之幸也，不如勿救。"田忌、田婴皆曰："魏胜韩则祸必及于齐，救之为是。"孙膑独默然无语。宣王曰："军师不发一言，必救与不救，二策皆非乎？"孙膑对曰："然也。夫魏国自恃其强，前年伐赵，今年伐韩，其心亦岂须臾忘齐哉？若不救，是弃韩以肥魏，故言不救者，非也。魏方伐韩，韩未敝而吾救之，是我代韩受兵，韩享其安而我受其危。故言救者，亦非也。"宣王曰："然则如何？"孙膑对曰："为大王计，宜许韩必救，以安其心。韩知有齐救，必尽力以拒魏，魏亦必尽力以攻韩。吾俟魏之敝，徐引兵而往。攻敝魏以存危韩，用力少而见功多，岂不胜于前二策耶？"宣王鼓掌称："善！"遂许韩使，言："齐救旦暮且至。"

韩昭侯大喜，乃尽力拒魏，前后交锋五六次，韩皆不胜，又遣使往齐，催趱救兵。齐又用田忌为大将，田婴副之，孙膑为军师，率车五百乘救韩。田忌又欲往韩进发，孙膑曰："不可！吾前次救赵，未尝至赵，今救韩奈何往韩乎？"田忌曰："君意将欲如何?"孙膑曰:"夫解纷之术,在攻其所必救,今日之计,唯有直走魏都耳。"田忌从之,乃命三军齐向魏都进发。

庞涓连败韩师,将逼新都,忽接本国警报言:"齐兵复寇魏境,望元帅速班师。"庞涓大惊,即时传令去韩归魏,韩兵亦不追赶。孙膑知庞涓将至,谓田忌曰:"魏兵素悍勇而轻齐,齐号为怯,善战者因其势而利导之。吾军远入魏地,宜诈为弱形以诱之。"田忌曰:"诱之如何?"孙膑曰:"今日当作十万灶,明后日以渐减去,彼见军灶顿减,必谓吾兵怯战,逃亡过半,将兼程逐利。其气必骄,其力必疲,吾因以计取之。"田忌从其计。

且说,庞涓兵往西南而行,心念韩兵屡败,正好征进,却被齐人侵扰,毁其成功,不胜愤忿。及至魏境,知齐兵已前去了,遗下安营之迹,地甚宽广。使人数其灶,足有十万。惊曰:"齐兵之众如此,不可轻敌也!"明日,又至前营,查其灶仅五万有余;又明日,灶仅三万。涓以手加额曰:"此魏王之洪福也!"太子申问曰:"君未见敌形,何喜形于色?"涓答曰:"吾固知齐人素怯。今入魏地,才三日,士卒逃亡,已过半了,尚敢操戈相斗乎?"太子申曰:"齐人多诈,君须十分在意。"庞涓曰:"田忌等今番自来送死!涓虽不才,愿生擒忌等,以雪桂陵之耻。"

当下传令,选精锐二万人,与太子申分为二队,倍日并行,步军尽留在后,使庞葱率领徐进。

孙膑时刻使人探听庞涓消息,回报:"魏兵已过沙鹿山,不分昼夜,兼程而进。"孙膑屈指计程,日暮必至马陵道。那马陵道在两山中间,溪谷深隘,可以伏兵。道旁树木丛密,膑只拣绝大一株留下,余树尽皆砍倒,纵横道上,以塞其行,却将那大树削白,用黑煤大书六字云:"庞涓死此树下。"上面横书四字云:"军师孙示。"令部将袁达、独狐陈各选弓弩手五千,左右埋伏,吩咐:"但看树下火光起时,一齐发弩。"再令田婴引兵一万,离马陵三里埋伏,只待魏兵已过,便从后截杀。分拨已定,自与田忌引兵远远屯扎,准备接应。

再说,庞涓一路打听齐兵过去不远,恨不能一步赶着,只顾催趱,来到马陵道时,恰好日落西山。其时十月下旬,

又无月色。前军回报："有断木塞路，难以前进。"庞涓叱曰："此齐兵畏吾追其后，故设此计也。"正欲指挥军士搬木开路，忽抬头看见树上削白处，隐隐有字迹，但昏黑难辨，命小军取火照之。众军士一齐点起火来，庞涓于火光之下，看得分明，大惊曰："吾中孙膑之计矣！"急叫军士："速退！"说犹未绝，那袁达、独孤陈两支伏兵，望见火光，万弩齐发，箭如骤雨，军士大乱。庞涓身带重伤，料不能脱，叹曰："吾恨不杀孙膑，遂成竖子之名！"即引佩剑自刎其喉而绝。庞英亦中箭身亡，军士射死，不计其数。

时太子申在后队，闻前军有失，慌忙屯住不行，不提防出婴一军，反从后面杀到。魏兵心胆俱裂，无人敢战，各自四散逃生。太子申势孤力寡，被田婴生擒，缚置车中，田忌和孙膑经大军接应，杀得魏军尸横遍野，轻重军器，尽归于齐。田婴将太子申献功，袁达、独孤陈将庞涓父子尸首献功。孙膑手斩庞涓之头，悬于车上。齐军大胜，奏凯而还。其夜太子申亦自刎而死。

大军行至沙鹿山，正逢庞葱步军。孙膑使人挑庞涓之头示之，步军不战而溃。庞葱下车叩头乞命，田忌欲并诛之，孙膑曰："为恶者只庞涓一人，其子且无罪，况其侄乎？"乃将太子申及庞英二尸交付庞葱，叫他回报魏王："速速上表朝贡！不然，齐兵再至，宗社不保。"庞葱诺诺连声而去。此周显王二十八年事也。

苏秦相六国

话说，苏秦字季子，乃战国时候洛阳人，与魏人张仪同从鬼谷子学游说。学了三年，便各辞师下山。

苏秦回至洛阳，家中老母在堂，一兄二弟，兄已先亡，唯寡嫂在，二弟乃苏代、苏厉也。一别数年，今日重会，阖家欢喜，自不必说。过了数日，苏秦欲出游列国，乃请于父母，变卖家财，为资身之费。母嫂及妻皆竭力止之曰："季子不治耕稼，乃思以口舌博富贵，弃现成之业，图未获之利。他日生计无聊，岂可悔乎？"苏代、苏厉亦曰："兄如善于游说之术，何不就说周王？在本乡亦可成名，何必远出？"苏秦被一家阻挡，乃求见周显王，说以自强之术。王留之馆舍。左右皆素知苏秦出于农家，疑其言空疏无用，不肯在显王前保举。苏秦在馆舍羁留岁余，不能讨个进身，于是发愤回家，尽破其产，得黄金百镒，做黑貂裘为衣，治车马仆从，遍游列国。访求山川地形，人民风土，尽得天下利害之详。如此数年，未有所遇。闻卫鞅封商君，甚得秦孝公之心，乃西至咸阳，而孝公已薨，商君亦死。乃求见惠文王，惠文王召秦

至殿,问曰:"先生不远千里而来敝国,有何教诲?"苏秦奏曰:"臣闻大王求诸侯割地,意者欲安坐而并天下乎?"惠文王曰:"然。"秦曰:"大王东有关河,西有汉中,南有巴蜀,北有胡貉,此四塞之国也。以大王之贤,人民之众,臣请献谋效力,并诸侯,吞周室,称帝而一天下,易如反掌。岂有安坐而能成事者乎?"惠文王初杀商鞅,心恶游说之士,乃辞曰:"孤闻:'毛羽不成,不能高飞。'先生所言,孤志有未逮,更俟数年,兵力稍足,然后议之。"苏秦乃退。复将古三王五霸攻战而得天下之术,汇成一书,凡十余万言,次日,献上秦王。秦王虽然留览,绝无用苏秦之意。再谒秦相公孙衍,衍忌其才,不为引进。

苏秦留秦岁余,黄金百镒,俱已用尽,黑貂之裘亦敝坏。计无所出,乃卖其车马仆从,作为路资,肩挑行李,徒步而归。父母见其狼狈,骂之;妻方织布,见秦来不肯下机相见。秦饿甚,向嫂求一饭,嫂辞以无柴,不肯为炊。

秦不觉下泪,叹曰:"一身贫贱,妻不以我为夫,嫂不以我为叔,母不以我为子,皆我之罪也!"于是检点书箱,得《太公阴符》一篇,忽悟曰:"鬼谷先生曾言:'若游说失意,只消熟玩此书,自有进益。'"乃闭户探讨,务穷其奥,昼夜不息。夜倦欲睡,则引锥自刺其股,血流至足。既于《阴符》有悟,然后将列国形势,细细揣摩。如此一年,天下大势如在掌

中，乃自慰曰："我有学如此，以说人主，岂不能出其金玉锦绣，取卿相之位乎？"遂谓其弟代、厉曰："吾学已成，取富贵如拾芥，弟可助吾行资出说列国。倘有出身之日，必当相引。"又以《阴符》为弟讲解，代与厉亦有省悟，乃各出黄金以助其行。

秦辞父母妻嫂，欲再往秦国。心想："当今七国之中，唯秦最强，可以成功业，奈秦王不肯收用！吾今再去，倘又如前，何面目再归乡里？"乃思一摈秦之策，名曰"合纵"，使六国齐心协力同盟拒秦，方可自立。于是东投赵国。

时赵肃侯在位，其弟公子成为相国，号奉阳君。苏秦先说奉阳君，奉阳君不喜。秦乃离赵，北游于燕，求见燕文公。左右莫为通达，居住年余，资用已尽，饥饿于旅舍。旅舍之人怜之，借与百钱，秦赖以济。适值燕文公出游，秦伏谒路旁。文公问其姓名，知是苏秦。喜曰："闻先生昔年以十万言献秦王，寡人心慕之，恨未得能读先生之书。今先生幸惠教寡人，燕之幸也。"遂回车入朝，召秦入见，鞠躬请教。苏秦奏曰："大王列在战国，地方二千里，兵甲数十万，车六百乘，骑六千匹，然比于中原，曾未及半。乃耳不闻金戈铁马之声，目不见覆车斩将之危，安居无事。大王亦知其故乎？"燕文公曰："寡人不知也。"秦又曰："燕所以不受兵祸者，以赵为之蔽耳，大王不知结好于近赵，而反欲割地以媚远秦，不愚甚耶？"燕文公曰："然则如何？"秦对曰："依臣愚见，不

如与赵'合纵'亲善,因而结连列国为一,相与协力御秦,此百世之安也。"燕文公曰:"先生'合纵'以安燕,寡人所愿,但恐诸侯不愿'合纵'耳。"秦又曰:"臣虽不才,愿面见赵侯,与定'合纵'之约。"

燕文公大喜,给以金帛路费,高车驷马,使壮士送秦至赵。适奉阳君赵成已卒,赵肃侯闻燕国送客到来,遂降阶而迎曰:"上客远临,何以教我?"苏秦奏曰:"秦闻,天下布衣贤士,莫不高贤君之行义,皆愿陈忠于君前。奈奉阳君妒才嫉能,是以游士裹足而不进,卷舌而不言。今奉阳君去世,臣故敢贡其愚忠。臣闻:'保国莫如安民,安民莫如择交。'当今山东之国,唯赵为强。赵地方二千余里,带甲数十万,车千乘,骑万匹,秦之所最忌害者,莫如赵。然而不敢举兵伐赵者,畏韩、魏之袭其后也。故为赵南蔽者,韩、魏也。韩、魏无名山大川之险,一日秦兵大出,蚕食二国,二国降,则祸及于赵矣。臣尝考地图,列国之地,过秦万里,诸侯之兵,多秦十倍,假使六国合一,并力西向,何难破秦?今为秦谋者以秦恐吓诸侯,必须割地求和。夫无故而割地,是自破也,破人与破于人,二者孰愈?依臣愚见,莫如约列国君臣会于洹水,交盟定誓,结为兄弟,联为唇齿,秦攻一国,则五国共救之。如有败盟背誓者,诸侯共伐之。秦虽强暴,岂敢以孤国与六国争胜负哉?"赵肃侯曰:"寡人少年,立国日浅,未闻良策。今上客欲结合诸侯以拒秦,寡人敢不从命。"乃佩以相印,赐以大屋,又以饰车百乘,黄金千镒,白璧百双,锦绣千匹,使为纵约长。

苏秦乃使人以百金往燕,偿还旅舍人之百钱。正欲择日起行,遍说韩、魏诸国,忽赵肃侯召苏秦入朝,有急事商议。苏秦慌忙来见肃侯,肃侯曰:"适边吏来报:'秦相国公孙衍出兵攻魏擒其大将龙贾,斩首四万五千,魏王割河北十城以求和。衍又欲移兵攻赵。'将若之何?"苏秦闻言,暗暗吃惊:秦兵若到赵,赵君必然亦效魏求和,"合纵"之计不成矣!正是"人急计生",且答应过去,另作区处。乃故作安闲之态,拱手对曰:"臣料秦兵疲敝,未能即至赵国,万一来到,臣自有计退之。"肃侯曰:"先生且暂留敝邑,如秦兵果然不到,方可远离寡人耳。"这句话,正中苏秦之意,应诺而退。

苏秦回至府第,唤门下心腹毕成,至于密室,吩咐曰:

"吾有同学,名曰张仪,字余子,乃大梁人氏。我今给汝千金,汝可扮作商人,变姓名为贾舍人,前往魏国,寻访张仪。倘相见时,须如此如此……若到赵之日,又须如此如此……汝可小心在意。"贾舍人领命,连夜往大梁而行。

却说,张仪在家,闻苏秦说赵得意,正欲往访,偶然出门,恰遇贾舍人停车于门外。问知从赵来,遂问:"苏秦为赵相国,果真否?"贾舍人曰:"先生何人?得无与吾相国有旧耶?何为问之?"仪告以同学兄弟之情。贾舍人曰:"若是,何不往游?相国必当荐扬。吾商事已毕,正欲还赵,如不嫌微贱,愿与先生同行。"张仪欣然从之。既至赵郊,贾舍人曰:"寒家在郊外,只得暂别。城内各处俱有旅店安歇远客,容小人过几日相访。"张仪辞贾舍人下车,进城安歇。

次日,带了名片求谒苏秦。秦预诚门下,不许通知。候至第五日,方得投进名片。秦辞以事繁,改日请会。仪又候数日，终不得见，怒欲去。地方店主人留之，曰："子已投名片于相府，未见发落，万一相国来召，何以应之？虽一年半载，亦不敢放去也！"张仪闷甚，访："贾舍人何在？"亦人无知之者。

　　过了数日，又投名片往辞相府，苏秦传命："明日相见。"仪向店主人假借衣履停当，次日早晨往候。苏秦预先排下威仪，阖其中门，命客从耳门而入。张仪欲登阶，左右止之曰："相国公谒未毕，客宜少待。"仪乃立于庑下，睨视堂前，官属拜见者甚众，已而，禀事者又有多人。良久，日将过午，闻堂上呼曰："客今何在？"左右曰："相君召客。"仪整衣升阶，只望苏秦降坐相迎，谁知秦安坐不动。仪忍气进揖，秦起立微举手答之曰："余子别来无恙？"仪怒气勃勃，竟不答言。左右禀进午餐，秦复，曰："公事忙碌，烦余子久待，恐饥饿，且草率一饭，饭后有言。"命左右设座于堂下，秦自饭于

堂上,珍馐满案;仪前不过一肉一菜,粗粝之餐而已。张仪本待不吃,奈腹中饥甚,况店主人饭钱,先已欠下许多,只望今日见了苏秦,便不肯荐用,也有些金资给发。不想如此光景,正是:"在他矮檐下,谁敢不低头?"出于无奈,只得含羞举筷。遥望见苏秦杯盘狼藉,以其余肴分赏左右,比张仪所食,还盛许多。仪心中且羞且怒。食既毕,秦又传言:"请客上堂。"张仪举目观看,秦仍旧高坐不起。张仪忍气不过,走上几步,大骂:"季子!我道你不忘故旧,远来相投,何意辱我至此?同学之情何在?"苏秦徐徐答曰:"以余子之才,只道先我而际遇了,不期穷困如此!吾岂不能荐于赵侯,使子富贵?但恐子志衰才退,不能有为,累我荐举之人。"张仪曰:"大丈夫自能致富贵,岂赖汝荐乎!"秦曰:"你既能自取富贵,何必来谒?念同学情分,助汝黄金一笏,请自方便!"命左右以金授仪,仪一时性起,将金掷于地下,愤愤而出。苏秦亦不挽留。

仪回至旅店,只见自己铺盖,俱已移出在外,仪问其故,店主人曰:"今日足下得见相君,必然殷勤款留,故移出耳。"张仪摇头,口中只说:"可恨!可恨!"一面脱下衣履,交还店主人。店主人曰:"莫非不是同学,足下有些妄攀么?"张仪扯住主人,将往日交情,及今日相待光景,备细述了一遍。店主人曰:"相君虽然倨傲,但位尊权重,礼之当然。送足下黄金一笏,亦是美情,足下收了此金,也可打发饭钱,剩些做归途之费。何必辞之？"张仪曰："我一时使性，掷之于地，如今手无一钱，如之奈何？"

正说话间，只见前番那贾舍人走入店门，与张仪相见，道："连日不曾问候，不知先生曾见过苏相国否？"张仪将怒气重复吊起，将手往店案上一拍，骂道："这无情无义的贼！再莫提他！"贾舍人曰："先生出言太重，何故如此发怒？"店主人遂将相见之事代张仪叙述一遍："今欠账无还，又不能作归计，好不愁闷！"贾舍人曰："当初原是小人撺掇先生来的，今日遇而不遇，却是小人带累了先生，小人情愿代先生偿了欠账备下车马，送先生回魏。先生意下如何？"张仪曰："我亦无颜返魏了！欲往秦国一游，恨无盘川。"贾舍人曰："先生欲游秦，莫非秦国还有同学兄弟么？"张仪曰："非也。当今七国中唯秦最强，秦之力可以困赵。我往秦幸得用事，可报苏秦之仇耳！"贾舍人曰："先生若往他国，小人不敢奉承。若往秦国，小人正欲往彼探亲，依旧可与小人同行。彼此得伴，岂不美哉？"张仪大喜曰："世间有此高义，足令苏秦愧死！"遂与贾舍人为八拜之交。

贾舍人替张仪算还店钱，见有车马在门，二人同载，往西秦一路而行，路间为张仪制衣装，买仆从，凡仪所需要，不惜资财。及至秦国，又大出金帛赂秦惠文王左右，为张仪延誉。时惠文王方悔失苏秦，闻左右之荐，即时召见，拜为客卿，与之谋诸侯之事，贾舍人乃辞去。张仪垂泪曰："从前吾贫困至甚,赖汝之力,得显用秦国,方图报德,何遂言去耶?"贾舍人笑曰:"臣非能知君,知君者,乃苏相国也!"张仪愕然良久,问曰:"汝以资财助我,何言苏相国耶?"贾舍人曰:"相国方倡'合纵'之约,忧秦伐赵败其事,思可以得秦之柄者,非君不可。故先遣臣伪为商人,招君至赵,又恐君安于小就,故意怠慢激怒君。君果有游秦之意,相君乃大出金资付臣,吩咐:'恣君所用,必得秦柄而后已。'今君已用于秦,我即归报相君。"张仪叹曰:"嗟乎!吾在季子术中,而吾不觉。吾不及季子远矣,烦君多谢季子。当季子之身,不敢言'伐赵'二字。以此报季子玉成之德也。"

　　贾舍人回报苏秦,秦乃奏赵肃侯曰:"秦兵果不出矣!"于是拜辞往韩,见韩宣惠公曰:"韩地方九百余里,带甲数十万。然天下之强弓劲弩,皆从韩出。今大王事秦,秦必求割地为贽,明年将又求之。夫韩地有限,而秦欲无穷,一割再割,则韩地尽矣。俗谚云:'宁为鸡口,勿为牛后。'以大王之贤,挟强韩之兵,而有牛后之名,臣窃羞之!"宣惠公曰:"愿以国听于先生,如赵王约。"亦赠苏秦黄金百镒。苏秦乃过魏,说魏惠王曰:"魏地方千里,然而人民之众,车马之多,无如魏者,于以抗秦有余也。今乃听群臣之言,赔款割地而臣事秦,倘秦求无已,将若之何?大王诚能听臣,六国'合纵',并力制秦,可使求无秦患。臣今奉赵王之命,来此相约。"惠王曰:"寡人愚不肖,自取败辱。今先生以长策下教寡人,敢不从命。”亦赠金帛一车。苏秦又至齐国，说齐宣王曰："臣闻临淄之途，车毂击，人肩摩，富盛天下莫比，乃西面而谋事秦，岂不耻乎？且齐地去秦甚远，秦兵必不能及齐，事秦何为？臣愿大王从赵约，六国亲善，互相救援。"齐宣王曰："谨受教。"苏秦乃驱车向南，说楚威王曰："楚地五千余里，天下莫强。秦之所患莫如楚——楚强则秦弱，秦强则楚弱。今列国之君，非'合纵'则'连横'，夫'合纵'则诸侯将割地以事楚，'连横'则楚将割地以事秦。此二策者，相去远矣。"楚威王曰："先生之言，楚之福也。"秦乃北行，回报赵肃侯。行过洛阳，诸侯各发使送之，仪仗旌旄，前遮后拥，车骑辎重，连接二十里不绝。威仪比于王者，一路官员，望尘下拜。

周显王闻苏秦将至，预使人扫除道路，设供帐于郊外以迎之。秦之老母，扶杖旁观，啧啧惊叹，二弟及妻嫂不敢仰视，俯伏郊迎。苏秦在车中谓其嫂曰："嫂向不为我炊，今何恭敬之甚也？"嫂曰："季子位高而金多，不容不恭敬耳！"苏秦喟然叹曰："世情看冷暖，人面逐高低。吾今日乃知富贵之不可少矣！"于是以车载其亲属，同归故里，起建大宅，聚族而居，散千金以赡宗党。

苏秦住家数日，乃发车往赵。赵肃侯封为武安君，遣使约齐、楚、魏、韩、燕五国之君，皆到洹水会。苏秦同赵肃侯预至洹水，筑坛布位，以待诸侯。燕文公先到，次韩宣惠公到，不数日，魏惠王、齐宣王、楚威王陆续俱到。苏秦先与各国大夫相见，私议座次。论来楚、燕是老国，齐、韩、赵、魏是更姓新国，但此时战争之际，以国之大小为叙。楚最大，齐次之，魏次之，次赵次燕次韩。内中楚、齐、魏已称王，赵、燕、韩尚称侯，爵位相悬，相叙不便。于是苏秦建议，六国一概称王，赵王为约主，居主位，楚王等以次居客位，先与各国会议停当。

到期，各登盟坛，照位排列。苏秦历阶而上，启告六王曰："诸君山东大国，位皆王爵，地广兵多，足以自雄。秦乃牧马贱夫，据咸阳之险，蚕食列国，诸君能以北面之礼事秦乎？"诸侯皆曰："不愿事秦，愿奉先生明教。"苏秦曰："合纵挥秦之策，前已陈述于诸君之前矣。今日但当杀牲歃血，誓于神明，结为兄弟，务期患难相救。"六王皆拱手曰："谨受

教。"秦遂捧盘,请六王依次歃血,拜告天地及六国祖宗,一国背盟,五国共攻之。写下誓书六通,六国各收一通,然后就宴。

赵王曰:"苏秦以大策奠安六国,宜封高爵,俾其往来六国,坚此'合纵'之约。"五王皆曰:"赵王之言是也。"于是六王合封苏秦为"纵约长",兼佩六国相印,金牌宝剑,总辖六国臣民。又各赐黄金百镒,良马十乘,苏秦谢恩。六王各散归国,苏秦随赵肃侯归赵。此乃周显王三十六年事也。

火牛阵

话说，战国时候，燕王哙荒于酒色，不愿临朝听政，乃以君位让于相国子之，国乃大乱。初，齐与燕有隙，及闻燕乱，即使匡章为大将，领兵十万，从渤海进兵，燕人恨子之入骨，遂迎齐兵。匡章出兵，凡五十日，兵不留行，直达燕都。子之之党，见齐兵众盛，长驱而入，皆畏惧逃奔。子之率兵拒战，身受重伤，力尽被擒，为齐兵所杀。燕王哙自缢于别宫。匡章因毁燕之宗庙，并收燕府库中宝货。于是燕地三千余里，大半皆属于齐。此周赧王元年事也。

燕人虽恨子之，见齐人意在灭燕，众心不服，遂共求救太子平，得之于无终山，奉以为君，是为昭王。相国郭隗发檄文于各邑，告以恢复故国之义。各邑已降齐者，一时皆叛齐为燕。匡章不能禁止，遂班师回齐。

昭王既归燕都，修理宗庙，志复齐仇，乃卑身厚币，欲以招求贤士。谓相国郭隗曰："先王之耻，孤早夜在心，若得贤士可与共图齐事者，孤愿以身事之。唯先生为孤择其人。"郭隗曰："古之人君，有以

田单

燕王喷

千金使人求千里之马。途遇死马，旁人皆环而叹息。使者
问其故，答曰：'此马生时，日行千里，今死，是以惜之。'使者
乃以五百金买其骨，负而归。君大怒曰：'此死骨何用？而
废弃多金耶！'使者答曰：'所以费五百金者，为千里马之骨
故也。此奇事，人将竞传，必曰，死马且得重价，况活马乎？
马今至矣。'不一年，得千里之马三匹。今王欲得贤士，请以
隗为马骨，况贤于隗者，谁不求价而至哉？"于是昭王特为郭
隗筑宫，执弟子之礼，北面听教，亲供饮食，极其恭敬。又于
易水之旁，筑起高台，积黄金于台上，以奉四方贤士，名为招
贤台，亦曰黄金台。于是燕王好士，传布远近。剧辛从赵国

而往，邹衍从齐国而往，屈景从卫国而往，昭王皆拜为客卿。既而有赵人乐毅，乃乐羊之孙，自幼好讲兵法，仕魏昭王不甚信用，闻燕王筑黄金台，招致天下贤士，欲往投之。乃谋出使于燕，见燕昭王，说以兵法。燕王知其贤，待以客礼，乐毅谦让不敢当。燕王曰："先生生于赵，仕于魏，在燕固当为客。"乐毅曰："臣之仕魏，以避乱也。大王若不弃微末，请为燕臣。"燕王大喜，即拜毅为亚卿，位在剧辛诸人之上。乐毅尽召其宗族，居燕为燕人。其时齐国强盛，侵伐诸侯。昭王深自刻苦，养兵恤民，待时而动。其后湣王逐孟尝君，恣行狂暴，百姓怨恨。而燕国休养多年，国富民众，士卒乐战。于是昭王进乐毅而问曰："寡人衔先人之恨，二十八年至今矣！常恐一旦去世，不及刺刃于齐王之腹，以报国耻，终夜痛心。今齐王骄暴自恃，中外离心，此天亡之时。寡人欲起倾国之兵，与齐争一旦之命，先生何以教之？"乐毅对曰："齐

国地大人众，士卒习战，未可独攻也。王必欲伐之，必与天下共图之。今燕之比邻，莫近于赵王，宜首与赵合，则韩必从，而孟尝君在魏，方恨齐，宜无不听。如是，则齐可攻矣。"燕王曰："善。"乃具符节，使乐毅往说赵国。平原君赵胜为言于惠文王，王许之。适秦国使者在赵，乐毅并说秦使者以伐齐之利。使者还报秦王。秦王忌齐之盛，惧诸侯背秦而事齐，于是又遣使者报赵，愿共伐齐之役。剧辛往说魏王，见信陵君。信陵君果主发兵，又为约韩共其事，皆与订期。

于是燕王尽起国中精锐，使乐毅将之。秦将白起、赵将廉颇、韩将暴鸢、魏将晋鄙，各领一军，如期而至。于是燕王命乐毅并护五国之兵，号为乐上将军，浩浩荡荡，杀奔齐国。齐湣王闻知，乃自将中军，与大将韩聂迎战于济水之西。乐毅身先士卒，四国兵将，无不争奋，杀得齐兵尸横原野，流血成渠。韩聂被乐毅之弟乐乘所杀，诸军乘胜追逐。湣王大败，奔回临淄。一面连夜使人求救于楚，许尽割淮北之地为赂；一面检点军民，登城设守。秦、魏、韩、赵乘胜各自分路收取边城，独乐毅自引燕军，长驱深入。所过宣谕威德，齐城皆望风而溃，势如破竹。大军直逼临淄，湣王大惧，遂与文武数十人，潜开北门而遁。行至卫国，卫君郊迎称臣。既入城，让正殿以居之，供具甚敬。湣王骄傲，待卫君不以礼。卫诸臣意不能平，夜往掠其辎重。湣王怒，欲俟卫君来见，责以捕盗。卫君是日竟不朝见，亦不再给饭食。湣王饿甚，

恐卫君图己，与夷维数人，连夜逃去。从臣失主，一时皆四散奔走。

　　湣王不一日逃至鲁国，鲁国不纳；复至邹，亦拒之不受。湣王计穷。夷维曰："闻莒州尚完，何不往？"及奔莒州，征兵守城，以拒燕军。

　　乐毅遂破临淄，尽收取齐之财物祭器，并查旧日燕国重器前被齐掠者，大车装载，俱归燕国。燕昭王大悦，亲至济上，大犒三军，封乐毅于昌国，号昌国君。燕昭王返国，独留乐毅于齐，命收齐之余城。

　　齐之宗人有田单者，有智术知兵，湣王不能用，现为临淄掾。燕王入临淄,城中之人,纷纷逃窜。田单与同宗逃难于安平,尽截去其车轴之头,略与毂平,而以铁叶裹轴,务令坚固。人皆笑之。未几,燕兵来攻安平,城破,安平人又逃窜,乘车皆推挤,多因轴头相触,不能疾驱,或轴折车倾,皆为燕兵所获。唯田氏一宗,以车轴坚固,且不碍,竟得脱奔即墨而去。乐毅分兵略地,至于昼邑,闻故齐太傅王蠋家在昼邑,传令车中环昼邑三十里,不许入犯。使人以金币聘蠋,欲荐于燕王。蠋辞老病,不肯往。使者曰:"上将军有令:'太傅来,即用为将,封以万家之邑;不行,且引兵屠邑。'"蠋仰天叹曰:"'忠臣不事二君,烈女不事二夫。'齐王疏斥忠谏,故吾退而耕于野。今国破君亡,吾不能存,而反劫吾以兵。吾与其不义而存,不若全义而亡!"遂自悬其头于树上,举身一奋,颈绝而死。乐毅闻之叹息,命厚葬之,表其墓曰:"齐忠臣王蠋之墓。"

乐毅出兵六个月,所攻下齐地共七十余城。皆编为燕之郡县。唯莒州与即墨,坚守不降。毅乃休兵享士,除其暴令,宽其赋役。又为齐桓公管夷吾立祠设祭,访求逸民。齐民大悦。乐毅之意,以为齐只二城,在掌握之中,终不能成事。且欲以恩结之,使其自降故不极其兵力。此周赧王三十一年事也。

却说,楚顷襄王,见齐使者来请救兵,许尽割淮北之地,乃命大将淖齿,率兵二十万,以救齐为名,往齐受地。谓淖齿曰:"齐王急而求我,卿至彼可相机而行,唯有利于楚,可以便宜从事。"淖齿谢恩而出,领兵谒齐湣王于莒州。湣王得淖齿,立以为相国,大权皆归于齿。齿见燕兵势盛,恐救齐无功,得罪二国,乃密遣使私通乐毅,欲弑齐王,与燕共分齐国,使燕人立己为王。乐毅许之。淖齿大悦,乃大列兵于鼓里,请湣王阅兵。湣王既至,遂执而数其罪曰:"戮忠废贤,希望非分,今全齐尽失,而偷生于一城,尚欲何为?"湣王俯首不能答,夷维拥王而哭。淖齿先杀夷维,乃生抽王筋,悬于屋梁之上,三日而后气绝。淖齿回莒州,欲觅王世子杀之,不得。齿乃为表奏燕王自陈其功,使人送于乐毅求其转达。是时莒州与临淄阴自相通,往来无禁。

却说,齐大夫王孙贾年十二岁,丧父,只有老母,湣王怜而官之。湣王出奔,亦从行。在卫相失,不知湣王下落,遂潜自归家。其母见之,问曰:"齐王何在?"贾对曰:"儿从王于卫国中夜奔出,已不知所往矣。"老母怒曰:"汝早出而晚回,则吾倚门而望;汝暮出而不还,则吾倚闾而望。若君之望臣,何异母之望子?汝为齐王之臣,王昏夜出奔,汝不知其处,何可归乎?"贾大愧,又辞老母,寻访齐王,闻其在莒州,趋而求王。比至莒州,知齐王已为淖齿所杀,贾乃袒其左肩,呼于市中曰:"淖齿相齐而弑其君,为臣不忠,有愿与吾诛讨其罪者,依吾左袒!"市人相顾曰:"此人年幼,尚有忠义之心,吾等好义者,皆当从之。"一时,左袒者四百余人。时楚兵虽众,皆分屯于城外,淖齿居齐王之宫,方酣饮,使妇人奏乐为欢,兵士数百人,列于宫外。王孙贾率领四百人,夺兵士器仗,杀入宫中,擒淖齿剁为肉酱,因闭城坚守。楚兵无主,一半逃散,一半投降于燕国。

再说,齐世子法章,闻齐王遇变,即改衣为穷汉,自称临淄人王立,逃难无归,投太史敫家为佣工,与之灌园,无知之者。

时即墨守臣病死，军中无主，欲择知兵者，推戴为将，而难其人。有人知田单铁叶裹轴之事，言其才可将，乃共拥立为将军。田单遂与士卒同操作，宗族妻妾，皆编于行伍之间。城中人畏而爱之。

再说，齐诸臣四散奔逃，闻王蠋死节之事，叹曰："彼已告老者，尚怀忠义之心。吾辈现立齐朝，坐视君亡国破，不图恢复，岂得为人！"乃共走莒州，投王孙贾，相与访求世子。一年余，法章知其诚，乃出自言曰："我实世子法章也。"太史敫报知王孙贾，乃具车驾迎之。即位，是为襄王。告于即墨，相约为掎角，以拒燕兵。乐毅围之，三年不克，乃解围退九里，建立军垒。令曰："城中民有出樵采者，听之，不许擒拿。如有困乏饥饿者，与之食。寒者，与之衣。"欲使感恩悦附。不在话下。

且说，燕大夫骑劫，颇有勇力，亦喜谈兵，与太子乐资相善，冀得兵权。谓太子曰："齐王已死，城之不拔者，唯莒与即墨耳。乐毅能于六月间，下齐七十余城，何难于二邑？所以不肯即拔者，以齐人未附，欲徐以恩威结齐，不久当自立为齐王矣。"太子乐资述其言于昭王，昭王怒曰："吾先王之仇，非昌国君不能报，即使真为齐王，于功岂不当耶？"乃笞乐资二十，遣使持节至临淄，即拜乐毅为齐王。毅感激，以死自誓，不受命。昭王曰："吾固知毅之本心，决不负寡人也！"

昭王好神仙之术，使方士炼金石为神丹服之，久而内热发病，遂薨。太子乐资嗣位，是为惠王。田单每使细作入燕，窥探事情，闻骑劫谋代乐毅及燕太子被笞之事，叹曰："齐之恢复，其在燕后王乎！"及燕惠王立，田单使人宣言于燕国曰："乐毅久欲为齐王，因受燕先王厚恩，不忍背叛，故缓攻二城，以待其事。今新王即位，且与即墨联合。齐人所惧，唯恐别将来，则即墨破矣！"燕惠王久疑乐毅，及闻谣言，与骑劫之言相合，因信为然。乃使骑劫往代乐毅，而召毅归国，毅恐见诛曰："我赵人也。"遂弃其家，西奔赵国。赵王封乐毅于观津，号望诸君。

骑劫既代将，尽改乐毅之令，燕军俱愤怨不服。骑劫到营三日，即领兵往攻即墨，围其城数匝。城中设守愈坚。田单晨起，谓城中人曰："吾梦见上帝告我云：'齐当复兴，燕当即败。不日当有神人为我军师，战无不克。'"有一小卒悟其意，趋近单前，低语曰："臣可以为师否？"言毕，即疾走。田单急起持之，谓人曰："吾梦中所见神人，即是人也！"乃为小卒易衣冠，置之幕中上坐，北面而师事之。小卒曰："臣实无能。"田单曰："子勿言。"因号为"神师"。每出一约束必禀命于神师而行。谓城中人曰："神师有令：'凡食者必先祭其先祖于庭，当得祖宗阴力相助。'"教城中人从其教，飞鸟见庭中祭品，飞舞下食，如此早暮二次。燕军望见以为怪异，闻有神君下教,因相与传说,谓齐得天助不可敌,敌之违天,皆无战心。单又使人扬乐毅之短曰:"昌国君太慈,得齐人不杀,故城中不怕。若割其鼻,而置之前行,即墨人苦死矣。"骑劫信之,将降卒尽割其鼻。城中人见降者割鼻,大惧,相戒坚守,唯恐为燕人所得。田单又扬言:"城中人家坟墓皆在城外,倘被燕人发掘奈何?"骑劫又使兵卒尽掘城外坟墓,烧死人骸骨。即墨人从城上望见,皆涕泣欲食燕人之肉,相率来军门,请出一战,以报祖宗之仇。

田单知士卒可用,乃精选强壮者五千人,藏匿于民间,其余老弱同妇女轮流守城。遣使送款于燕军,言:"城中食尽,将以某日出降。"骑劫谓诸将曰:"我比乐毅何如?"诸将

皆曰："胜毅十倍！"军中皆踊跃呼："万岁！"田单又收民间金，得千镒，使富家私赠燕将，嘱以城下之日，求保全家小。燕将大喜，受其金，各付小旗使插于门上，以为记认。全不准备，呆呆只等田单出降。单乃使人收取城中牛共千余头，用缯为衣，画以五色龙纹，披于牛体，将利刃缚于牛角，又将麻苇灌以膏油，缚于牛尾，拖之于后，好像极大的扫帚。在约降前日，安排停当。众人皆不解其意。

田单杀牛具酒，候至日落黄昏，召五千壮卒饱食，以五色涂面，各执利器跟随牛后。使百姓凿城为穴，凡数十处，驱牛从穴中出。用火烧其尾帚，火渐渐迫牛尾，牛怒直奔燕营，五千壮卒，衔枚随之。燕军信为来日受降入城，是夜皆安寝。忽闻驰骤之声，从梦中惊起，那帚炬千余，光明耀照，如同白日。望之皆龙纹五彩，突奔前来，角刃所触，无不死伤。军中扰乱，那一伙壮卒，不言不语，大刀阔斧，逢人便砍，虽只五千个人，慌乱之中，恰像几万一般。况且向来听说神师下教，今日神头鬼脸不知何物，田单又亲率城中人鼓噪而来，老弱妇女皆击铜器为声，雺天动地，一发胆都吓破了，脚都吓软了，哪个还敢相持？真个人人逃窜，个个奔忙，自相践踏，死者不知其数。骑劫乘车落荒而走，正遇田单，一戟刺死，燕军大败。此周赧王三十六年事也。

田单整顿队伍，乘势追逐，战无不克。所遇城邑，闻齐兵得胜，燕将已死，皆叛燕而归齐。田单兵势日盛，掠地直逼河上，抵齐北界，燕所下七十余城，尽归于齐。众军将以田单功大，欲奉为王。田单曰："太子法章，自在莒州，吾岂敢自立?"于是迎法章于莒，王孙贾为法章御车，至于临淄，收葬湣王，择日告庙临朝。襄王请田单曰："齐危而复安，亡而后存，皆叔父之功也! 叔父知名，始于安平，今封叔父为安平君，食邑万户。"王孙贾拜爵亚卿。

再说，燕惠王自骑劫兵败，方知乐毅之贤，悔之无及，使人寄乐毅书谢过，欲招毅还国。毅答书不肯归。燕王恐赵用乐毅以图燕，乃又以毅子乐间袭封昌国君，毅从弟乐乘为将军，并贵重之。毅遂合燕赵之好，往来其间。二国皆以毅为客卿。

蔺相如两屈秦王

话说，战国时候赵惠文王宠用一个内侍，姓缪名贤，官拜宦者令，颇干预政事。忽一日，有外客携白璧来求售，缪贤爱其玉色光润，出五百金买之，以示玉工。玉工大惊曰："此真楚国和氏之璧也！楚相昭阳因宴会偶失此璧，疑张仪偷盗，捶之几死，张仪因此入秦。后昭阳悬千金之赏，购求此璧，盗者不敢出献，竟不可得。今日无意中落于君手，此乃无价之宝，须好好收藏，不可轻示于人也。"缪贤曰："虽然，良玉何以遂为无价？"玉工曰："此玉置暗处自然有光，能却尘埃、辟邪魅，名曰'夜光之璧'。若置之座间，冬月则暖，可以代炉；夏月则凉，百步之内，蝇蚋不入。有此几种奇异，他玉不及，所以为至宝。"缪贤试之，果然，乃制宝匣，藏于内笥。早有人报知赵王言："缪中侍得和氏璧。"赵王问缪贤取之，贤爱璧，不肯即献。赵王怒，因出猎之便，突入贤家，搜其室，得宝匣，取之以去。

蔺相如

171

　　缪贤恐赵王治罪诛之，欲出走。其舍人（按：亲近左右之通称）蔺相如牵衣问曰："君今何往？"贤曰："吾将奔燕。"相如曰："君何以受知于燕王，而轻身往投耶？"缪贤曰："吾昔年尝从大王，与燕王相会于境上。燕王私握吾手曰：'愿与君结交。'以此相知，故欲往之。"相如谏曰："君误矣！夫赵强而燕弱，而君得宠于赵王，故燕王欲与君结交，非厚君也，因君以厚于赵王也。今君得罪于王，亡命走燕，燕畏赵王之讨，必将束缚君，以媚于赵王，君其危矣！"缪贤曰："然则如何？"相如曰："君无他大罪，唯不早献璧耳！若肉袒叩首请罪，王必赦君。"缪贤从其计，赵王果赦贤不诛。贤重相如之智，以为上客。

再说,玉工偶至秦国,秦昭襄王使之治玉。玉工言及和氏之璧,今归于赵,秦王问:"此璧有甚好处?"玉工如前夸奖。秦王慕之,甚想一见其璧。时昭襄王之母舅魏冉为丞相,进曰:"王欲见和璧,何不以酉阳十五城换之?"秦王讶曰:"十五城,寡人所惜也,奈何换一璧哉?"魏冉曰:"赵之畏秦久矣,大王若以城换璧,赵不敢不以璧来。来则留之,是换城者名也,得璧者实也。王何患失城乎?"秦王大喜,即为书致赵王,命客卿胡伤为使。书略曰:"寡人慕'和氏璧'有日矣,未得一见。闻君王得之,寡人不敢轻请,愿以酉阳十五城奉酬,请君王许之!"

赵王得书，即召大臣廉颇等商议：欲与秦，恐被其欺，璧去，城不可得；欲勿与，又恐触秦之怒。诸大臣或言"不宜与"，或言"宜与"，纷纷不决。李克曰："遣一智勇之士，怀璧以往，得城则授璧于秦，不得城仍以璧归赵，方为两全。"赵王目视廉颇，颇俯首不语。宦者令缪贤进曰："臣有舍人姓蔺名相如，此人勇士，且有智谋。若求使秦，无过此人。"赵王即命缪贤召蔺相如至，相如拜谒已毕，赵王问曰："秦王请以十五城换寡人之璧，先生以为可许否？"相如曰："秦强赵弱，不可不许。"赵王曰："倘璧去不可得，如何？"相如对曰："秦以十五城换璧，价厚矣，如是赵不许璧，其曲在赵。赵不待入城而即献璧，礼恭矣，如是，而秦不与城，其曲在秦。"赵王曰："寡人欲求一人使秦，保护此璧，先生能为寡人一行乎？"相如曰："大王必无其人，臣愿奉璧以往。若城给赵，臣当以璧留秦；不然，臣请完璧归赵！"赵王大喜，即拜相如为大夫，以璧授之。

　　相如携璧西入咸阳。秦昭襄王闻璧至，大喜，坐章台之上，大集群臣，宣相如入见。相如留下宝匣，只用锦袱包裹，两手奉璧，再拜秦王。秦王于是展开锦袱观看，但见纯白无瑕，宝光闪闪，雕镂之处，天成无缝，真稀世之珍也！秦王饱看了一回，啧啧叹息，因付左右群臣，递相传示。群臣看毕，皆罗拜称："万岁！"秦王命内侍复将锦袱包裹，传与后宫美人玩之。良久送出，仍归秦王案上。

　　蔺相如从旁伺候良久，并不见说起偿城之话。相如心生一计，乃前奏曰："此璧有微瑕，臣请为大王指之。"秦王命左右以璧传与相如，相如得璧在手，连退数步，靠在殿柱之上，睁开双目，怒气勃勃。谓秦王曰："和氏之璧，天下之至宝也。大王欲得璧，发书至赵，寡君悉召群臣计议，群臣皆曰：'秦自负其强，以空言求璧，恐璧往，城不可得，不如勿许。'臣以为：'布衣之交倘不欺骗，况万乘之君乎？奈何以不肖之心待人，而得罪于大王？'于是寡君乃斋戒五日，然后使臣奉璧拜送于廷，敬之至也。今大王见臣，礼节倨傲，坐而受璧，左右传观，复使后宫美人玩弄，亵渎殊甚，因此知大王无偿城之意矣，臣所以又取璧也。大王必欲迫臣，臣头今与璧俱碎于柱！宁死，不使秦得璧！"于是持其璧睨柱，欲撞碎之。秦王惜璧，乃谢曰："大夫无然，寡人岂敢失信于赵。"即召百官取地图来，秦王指示，从某处至某处，共十五城与赵。相如心中暗想，此乃秦王欲骗取，非真情。乃谓秦王曰："寡君不敢爱稀世之宝，以得罪于大王，故临遣臣时，斋戒五日，遍召群臣，拜而遣之。今大王亦宜斋戒五日，陈设文物，具左右威仪。臣乃敢献璧。"秦王曰："诺。"乃命斋戒五日，送相如于公馆安歇。

相如抱璧至馆，又想道："我曾在赵王面前夸口：'秦若不与城，愿完璧归赵。'今秦王虽然斋戒，倘得璧之后，仍不与城，何面目回见赵王？"乃命从者穿粗褐衣，装作贫人模样，将布袋缠璧于腰，从小路私行。附奏于赵王曰："臣恐秦欺赵，无意偿城，谨遣从者归璧大王。臣待罪于秦，死不辱

命!"赵王曰:"相如果不负所言矣!"

再说,秦王假说斋戒,实未必然。过五日,升殿陈设礼物,令诸侯使者皆会,共观受璧,欲以夸示列国。使赞礼引赵国使臣上殿,蔺相如从容徐步而入。谒见已毕,秦王见相如手中无璧,问曰:"寡人已斋戒五日,敬受'和璧'。今使者不持璧来,何故?"相如奏曰:"秦自穆公以来,共二十余君,皆以诈术用事,从无信义。臣今者唯恐见欺于王,以负寡君,已令从者怀璧从间道还赵矣,臣当死罪!"秦王怒曰:"使者谓寡人不敬,故寡人斋戒受璧。使者以璧归赵,是明欺寡人也!"叱左右前缚相如。相如面不改色,奏曰:"大王请息怒,臣有一言:今日之势,秦强赵衰,但有秦负赵之事,决无赵负秦之理。大王真欲得璧,先割十五城与赵,遣使同臣往赵取璧。赵岂敢得城而留璧,负不信之名,以得罪于大王哉?臣自知欺大王之罪,罪当万死,臣已寄奏寡君,不望生还。今诸侯皆知秦以欲璧之故,而诛赵使,曲直有所在矣!"秦王与群臣面面相觑,不能吐一语。诸侯使者旁观,皆为相如危惧,左右欲牵相如去,秦王喝住,谓群臣曰:"即杀相如,璧未可得,徒负不义之名,绝秦赵之好。"乃厚待相如而归之。

蔺相如既归,赵王以为贤,拜上大夫。其后秦竟不与赵城,赵亦不与秦璧。秦王心中终不释然于赵,又遣使约赵王于西河外渑池之地,共会为好。赵王曰:"昔者秦以会欺楚怀王，拘之咸阳，至今楚人伤心未已。今又来约寡人为会，得无以怀王相待乎？"廉颇与蔺相如计议曰："王若不行，示秦以弱。"乃共奏曰："臣相如，愿保驾前往！臣颇，愿辅太子居守！"赵王喜曰："相如且能完璧，况寡人乎？"平原君赵胜奏曰："今保驾虽有相如，宜再选精锐卒五千随从，以防不虞。再用大军离三十里屯扎，方保万全。"赵王曰："五千锐卒，何人为将？"赵胜对曰："臣所知田部吏李牧者，真将才也！"赵王曰："何以见之？"赵胜对曰："李牧为田部吏，取租税。臣家过期不纳，牧以法治之，杀臣司事者九人。臣怒责之，牧谓臣曰：'国之所恃者，法也。今纵君家而不奉公，则法削。法削则国弱，而诸侯加兵。赵且不保其国，君安得保其家乎？以君之贵，奉公如法，法立而国强，长保富贵，岂不善耶？'此其识虑非常，臣是以知其可将也。"赵王即用李牧为中军大夫，使其领精兵五千随从同行，平原君以大军继之。廉颇直送至境上，谓赵王曰："王入虎狼之秦，其事诚不测！今与王约：计往来道路，与会遇之礼毕为期，不过三十日耳。若过期不归，臣请照楚国故事，立太子为王，以绝秦人之望。"赵王许诺。遂至渑池，秦王亦到，各归馆驿。

至期，两王以礼相见，置酒为欢。饮至半酣，秦王曰："寡人闻赵王善于音乐，寡人有宝瑟在此，请赵王奏之。"赵王面赤，然不敢辞。秦侍者将宝瑟进于赵王之前，赵王为奏《湘灵》一曲，秦王称善不已。奏毕，秦王曰："寡人尝闻赵之始祖烈侯好音，君王真得家传矣！"乃愿左右召御史使记其事。秦御史执笔书曰："某年月日，秦王与赵王会于渑池，令赵王鼓瑟。"蔺相如前进曰："赵王闻秦王善于秦声，臣谨奉盆缶请秦王击之，以相娱乐。"秦王怒，变色不应，相如即取盛酒瓦器，跪请于秦王之前。秦王不肯击，相如曰："大王恃秦之强乎？今五步之内，相如得以颈血溅大王矣！"左右曰："相如无礼！"欲前执之。相如张目叱之，须发皆张。左右大骇，不觉倒退数步。秦王意不悦，然心畏相如，勉强击缶一声。相如方起，召赵御史书之曰："某年月日赵王与秦王会于渑池，令秦王击缶。"秦诸臣意不平，当筵而立，请于赵王曰："今日赵王惠顾，请王割十五城为秦王寿！"相如亦请于秦王曰："礼尚往来。赵既进十五城以秦，秦不可不报，愿以秦之咸阳为赵王寿。"秦王曰："吾两君为好，诸君不必多言。"乃命左右，更进酒献酬，假意尽欢而罢。秦客卿胡伤等密劝拘留赵王及蔺相如，秦王曰："闻赵设备甚密，万一其事不济，为天下笑。"乃益敬重赵王，约为兄弟，永不侵伐，使太子安国君之子，名异人者，为质于赵。群臣皆曰："约好足矣，何必送质？"秦王笑曰："赵方强，未可图也，不送质，则赵不相信。赵信我，其好益坚，我乃得专事于韩矣！"群臣乃服。

赵王辞秦王而归，恰三十日。赵王曰："寡人得蔺相如，身安于泰山，国重于九鼎。相如功最大，群臣莫及。"乃拜上

相，班位在廉颇之上。廉颇怒曰："吾有攻城野战之大功，相如徒以口舌微劳，位居吾上。且彼乃宦者舍人，出身微贱，吾岂甘心居其下乎？今见相如必击杀之！"相如闻廉颇之言，每遇公朝，托病不往，不肯与廉颇会。相如舍人俱以相如为怯，私非议之。偶一日，蔺相如出外，廉颇亦出。相如望见廉颇前导，忙使御者引车避匿旁巷中去，俟廉颇车过方出。舍人等愈忿，相约同见相如，谏曰："臣等抛井里、弃亲戚，来君之门下者，因君为一时之丈夫，故相慕悦而从之。今君与廉将军同列，班位尚在其上。廉君口出恶言，君不能报，避之于朝，又避之于车，何畏之甚耶？臣等甚为君羞之！请辞去！"相如固止之曰："吾所以避廉将军者有故，诸君自不察耳！"舍人等曰："臣等浅近无知，乞君明言其故。"相如曰："诸君视廉将军，孰如秦王？"诸舍人皆曰："不如也！"相如曰："夫以秦王之威，天下莫敢抗，而相如廷叱之，辱其群臣。相如虽无能，独畏一廉将军乎？顾吾念之，强秦所以不敢加兵于赵者，因吾二人在朝也。今两虎共斗，势不俱生，秦人闻之，必乘机侵赵。吾所以退避者，国计为重，而私仇为轻也！"舍人等乃叹服。

不久，蔺氏之舍人，与廉氏之客，一日在酒店中不期而遇，两下争坐。蔺氏舍人曰："吾主君因国家之故，让廉将军，吾等亦宜体主君之意，让廉氏客。"于是廉颇益骄。

时河东人虞卿游赵，闻蔺氏舍人，述相如之语，乃说赵王曰："王今日之重臣，非蔺相如、廉颇乎？"王曰："然。"虞卿曰："臣闻前代之臣，同寅协恭，以治其国。今大王所恃重臣二人，而使自相水火，非国家之福也。夫蔺氏愈让，而廉氏

不能谅其情；廉氏愈骄，而蔺氏不敢折其气。在朝则有事不共议，为将则有急不相恤，臣窃为大王忧之！臣请合廉蔺之交，同辅助大王也。"赵王曰："善。"虞卿往见廉颇，先颂其功，廉颇大喜。虞卿曰："论战功则无如将军矣。论度量则还推蔺君！"廉颇不悦曰："彼懦夫以口舌取功名！何度量之有哉？"虞卿曰："蔺君非懦士也，其所见者大。"因述相如对舍人之言，且曰："将军不欲托身于赵则已，若欲托身于赵，而两大臣一让一争，恐盛名之归，不在将军矣！"廉颇大惭曰："非先生言，吾不闻过，吾不及蔺君远矣！"因使虞卿先道意于相如，颇肉袒负荆，自至蔺氏之门，谢曰："鄙人志量浅狭，不知相国能宽容至此，死不足赎罪矣！"因长跪庭中。相如趋出引起曰："吾二人共事一主，为社稷臣。将军能见谅，亦已幸甚，何劳谢为！"廉颇曰："鄙性粗暴，蒙君见容，惭愧无地！"因相持泣下，相如亦泣，廉颇曰："从今愿结为生死之交，虽刎颈不变！"颇先下拜，相如答拜，因置酒款待，尽欢而罢。

信陵君窃符救赵

话说,战国时候,秦昭襄王命王陵为大将伐赵,连战皆胜,进围邯郸。赵将廉颇御之,秦兵不得逞。秦又命王龁代陵为将,增兵十万。王龁围邯郸五月,不得破。秦复发精兵五万,令郑安平将之,往助王龁,必攻破邯郸方已。赵孝成王闻秦益兵来攻,大惧,遣使分路求救于诸侯。平原君赵胜曰:"魏,吾姻家也,其救必至。楚大而远,非以'合纵'之策说之不可,吾当亲往。"遂约其门下食客二十人共往。

既至,先通春申君黄歇(歇素与平原君交好)乃为之转达于楚孝烈王。楚王许之,即命春申君将兵八万救赵。

时魏安釐王遣大将晋鄙,领兵十万救赵,秦王闻诸侯救至,亲至邯郸督战。使人谓魏王曰:"秦攻邯郸,旦暮可破矣。诸侯有敢救者,必移兵击之!"魏王大惧,遣使者追及晋鄙军,戒以勿进。晋鄙乃屯于邺下,春申君亦即屯兵于武关,观望不进。

秦攻赵愈急。赵君再遣使求魏进兵,客将军新垣衍献计曰:"秦所以争围赵者有故,因前次,

信陵君兵忌

秦与齐湣王争强为帝,已而又归帝不称。今湣王已死,齐益弱,唯秦独雄,而未正帝号,其心不悦。今日用兵侵伐不休,其意欲求为帝耳。假使赵发使尊秦为帝,秦必喜而罢兵,是以虚名而免实祸也。"魏王本心畏于救赵,深以其谋为然,即遣新垣衍随使者至邯郸,以此言奏知赵王。赵王与群臣议其可否,众议纷纷未决。平原君方寸已乱,亦毫无主意。

时有齐人鲁仲连者,时人号为"千里驹"。不愿仕宦,专好远游,为人排难解纷。是时适在赵国围城之中,闻魏使请尊秦为帝,勃然不悦。乃求见平原君曰:"路人言君将谋尊秦为帝,有之乎?"平原君曰:"胜乃伤弓之鸟,魄已夺矣,何

敢言事？此魏王使将军新垣衍来赵言之耳。"鲁仲连曰："君为天下贤公子，乃听命于魏使耶？今新垣衍将军何在？吾当为君责而归之！"

平原君因言于新垣衍，新垣衍素闻鲁仲连先生名。以其舌辩，恐乱其议，辞不愿见。平原君强之，遂邀鲁仲连，俱至公馆，与新垣衍相见。衍举眼观看仲连，神清骨爽，飘飘乎有神仙之度，不觉肃然起敬，谓曰："吾观先生之玉貌，非有求于平原君者也，奈何久居此围城之中而不去耶？"鲁仲连曰："连无求于平原君，窃有请于将军也！"衍曰："先生何请乎？"仲连曰："请助赵而勿尊秦为帝。"衍曰："先生何以助赵？"仲连曰："吾将使魏与燕助之。若齐、楚，固已助之矣。"衍笑曰："燕则吾不知。若魏，则吾乃大梁人也，先生何能使吾助赵乎？"仲连曰："魏未见秦称帝之害也。若知其害则助赵必矣！"衍曰："秦称帝，其害何如？"仲连曰："秦乃无礼义之国也,恃强挟诈,屠杀生灵。彼并为诸侯,而尚若此,倘然称帝,愈肆其虐。连宁蹈东海而死,不忍为之民也!而魏乃甘为之下乎?"衍曰:"魏岂甘为之下哉?譬如为仆者,十人而从一人,岂智力不若主人哉?实畏之耳!"仲连曰:"魏自视如仆耶?吾将使秦王烹醢魏王矣!"衍不悦曰:"先生又何能使秦王烹醢魏王乎?"仲连曰:"昔日,鬼侯、鄂侯、文王,纣之三公也。鬼侯有女而美,献之于纣。女不好淫,触怒纣,纣杀女而醢鬼侯。鄂侯谏之,并烹鄂侯。文王闻之而叹,纣又拘之于羑里,几不免于死。岂三公之智力不如纣耶?天子之行于诸侯,固如是也。秦如称帝,必责魏入朝,一旦行鬼侯、鄂侯之诛,谁能禁之?"

新垣衍沉思未答,仲连又曰:"不但如此,秦果称帝,又必变易诸侯大臣,夺其所憎,而立其所爱。又将使其子女谗妾为诸侯之妻妾,魏王能安然而已乎?即将军又何以保其爵禄乎?"新垣衍乃起而再拜谢曰:"先生真天下士也!衍请出复吾君,不敢再言尊秦为帝矣!"

秦王闻魏使者来议尊秦为帝之事,甚喜,缓其攻以待之。及闻议不成,魏使已去,叹曰:"此围城中有人,不可轻视!"乃退屯于汾水,戒王龁用心准备。

再说,新垣衍去后,平原君又使人至邺下,求救于晋鄙,鄙以王命为辞。平原君乃为书责魏公子信陵君无忌(魏昭王之子)曰:"胜所以自附为婚姻者,以公子高义,能急人之困耳。今邯郸不久降秦，而魏救兵不前，岂胜平生所以相慕之意乎？令姊忧城破，日夜悲泣，公子纵不念胜，独不念姊耶？"信陵君得书，屡请魏王求救晋鄙进兵。魏王曰："赵自不肯尊秦为帝，乃欲仗他人之力退秦耶？"终不许。信陵君又使宾客辩士，百般巧说，魏王只是不从。

信陵君曰："吾义不可以负平原君。吾宁独自至赵，与之俱死！"乃具车骑百余乘，遍约宾客，欲直犯秦军，以徇平原君之难，宾客愿从者千余人。行过夷门，与侯嬴辞别，侯嬴曰："公子勉之！臣年老不能从行，勿怪勿怪！"信陵君屡视侯嬴，侯嬴并无他语，信陵君怏怏而去。约行十余里，心中自念："吾所以待侯嬴者，自谓尽礼。今吾往奔秦军，行就死地，而侯嬴无一言半辞为我计谋，又不阻我之行，甚可怪也！"乃约住宾客，独引车还见侯嬴，宾客皆曰："此半死之人！明知无用，公子何必往见？"信陵君不听。

却说，侯嬴立在门外，望见信陵君车骑，笑曰："嬴固料公子之必返也！"信陵君曰："何故？"侯嬴曰："公子待嬴甚厚。公子入不测之地，而臣不送，必恨臣，是以知公子必返。"信陵君乃再拜曰："始无忌自疑有所失于先生，致蒙见弃，是以还，请其故耳。"侯嬴曰："公子养客数十年，不闻客出一奇计，而徒与公子犯强秦之锋，如以肉投饿虎，何益之有？"信陵君曰："无忌亦知无益。但与平原君交厚，义不独生！先生何以教之？"侯嬴曰："公子且入座，容老臣徐计。"

乃屏去从人，私叩曰："闻如姬得幸于王，果真乎？"信陵君曰："然。"侯嬴曰："嬴又闻如姬之父昔年被人杀死。如姬言于王，欲报父仇，求其人三年不得。公子使客斩其仇人之头，以献如姬，此事真否？"信陵君曰："果有此事。"侯生曰："如姬感公子之恩，愿为公子死，非一日矣。今晋鄙之兵符，在王卧室，唯如姬力能窃之。倘公子开口请于如姬，如姬必从公子得此符。夺晋鄙军以救赵而退秦兵，此五霸之功也！"

信陵君如梦初醒，再拜称谢。乃使宾客先待于郊外，而独身回车至家。使所善内侍颜恩，以窃符之事私乞于如姬，如姬曰："公子有命，虽使妾踏汤火，亦何辞乎！"是夜，魏王饮酒酣卧，如姬即偷兵符授颜恩，转给信陵君之手。信陵君既得兵符，又往辞侯嬴，侯嬴曰："'将在外，君命有所不受。'倘合符，而晋鄙不信，或从便宜，复请于魏王，事不谐矣。臣之客，朱亥，此天下力士，公子可与俱行。晋鄙听从，甚善；若不听，即令朱亥击杀之。"信陵君不觉泪下。侯嬴曰："公子有所畏耶？"信陵君曰："晋鄙老将无罪，倘不从便当击杀，吾是以悲，无他畏也。"

于是与侯生同至朱亥家，言其故，朱亥笑曰："臣乃市井小人，蒙公子屡次下顾，感激万分，今公子有急，正亥效命之日也！"侯嬴曰："臣义当从行，以年老不能远行，请以魂送公子！"即自刎于车前。信陵君十分悲悼，乃厚给其家，使为殡

国韵故事汇

殁，自己不敢留滞，遂同朱亥登车往北而去。

却说，魏王于卧室中失了兵符，三日之后，方才知觉，心中好不惊怪。盘问如姬，只推不知。乃逼搜宫内，全无下落，却教颜恩将宫娥内侍，逐一拷打。颜恩心中了了，只得假意推问。又乱了一日，魏王忽然想着公子无忌，屡次苦苦劝我救晋鄙进兵，他手下宾客，鸡鸣狗盗之人甚多，必然是他所为。使人召信陵君，回报："四五日前，已与宾客千余、车百乘出城，传闻救赵去矣。"魏王大怒，使将军卫庆，领兵三千，星夜往追信陵君。

再说，邯郸城中盼望救兵，无一至者。百姓力竭，纷纷有出降之议。魏王患之，有传舍吏子李同说平原君曰："百姓日乘城为守,而君安享富贵,谁肯为君尽力乎? 君如能令夫人以下编列行伍之间,分功而作,家中所有财帛尽散以给将士。将士在危苦之乡,易于感恩,拒秦必肯尽力。"平原君从其计,募得敢死之士三千人,使李同领之,缒城而出,乘夜砍营,杀秦兵千余人。王龁大惊,亦退三十里下寨,城中人心稍定。李同身带重伤,回城而死。

再说,信陵君无忌行至邺下,见晋鄙曰:"大王以将军久留滞于外,遣无忌特来代劳。"使朱亥捧兵符与晋鄙验之,晋鄙接符在手,心下踌躇,想道:"魏王以十万之众托我,我虽陋,未有兵败之罪。今魏王无尺寸之书,而公子空手捧符前

来代将，此事岂可轻信？"乃谓信陵君曰："公子暂请稍停几日，待某把军伍造成册子，明白交付何如？"信陵君曰："邯郸势在垂危，当星夜赴救，岂得再停时刻？"晋鄙曰："实不相瞒，此军机大事，某还要再行奏请，方敢出军。"说犹未毕，朱亥厉声喝曰："元帅不奉王命，便是反叛了！"晋鄙方问得一句："汝是何人？"只见朱亥袖中出铁锤，重四十斤，向晋鄙当头一击，脑浆迸裂，登时气绝。信陵君握符谓诸将曰："魏王有命，使某代晋鄙将兵救赵。晋鄙不奉命，今已诛死。三军安心听令，不得妄动。"营中肃然。及卫庆追至邺下，信陵君已杀晋鄙矣。

卫庆料信陵君救赵之志已决，便欲辞去，信陵君曰："君已至此，看我破秦之后，可还报吾王也。"卫庆只得先发密信，回复魏王，遂留军中。

信陵军大犒三军，又下令曰："父子俱在军中者，父归；兄弟俱在军中者，兄归；独子无兄弟者，归养；有疾病者，留就医药。"是时告归者约十分之二，得精兵八万人，整齐步伍，申明军法。信陵君领宾客，身为士卒先，进击秦营。王龁不意魏兵忽至，急遽拒战，魏兵奋勇而前。平原君亦开城接应，大战一场，王龁折兵一半，奔汾水大营，秦王传令解围而去，郑安平以二万人列营于东门，被魏兵所阻不能归，叹曰："吾原是魏人！"乃投降于魏。春申君闻秦兵已退，亦班师而归。此秦昭襄王五十年、周赧王五十八年之事也。

赵王亲携牛酒劳军，向信陵君再拜曰："赵国亡而复存，皆公子之力，自古贤人，未有如公子矣。"平原君负弩矢为信陵君前驱。比入邯郸城，赵王亲扫除宫室，以迎信陵君，执主人之礼甚恭，揖信陵君献酒为寿，诵存赵之功。信陵君逊谢曰："无忌有罪于魏，无功于赵。"宴毕，归客馆。赵王谓平原君曰："寡人欲以五城封魏公子，见公子谨让之至，寡人自愧，遂不能出于口。请以鄗为公子汤沐之邑，烦为致之。"平

原君致赵王之命，信陵君辞之再三，方才敢受。信陵君自以得罪魏王，不敢归国，将兵符交付将军卫庆督兵回魏，而身留赵国。其宾客之留魏者亦离魏奔赵，依信陵君。赵王又欲封鲁仲连以大邑，仲连固辞，赠以千金亦不受，曰："与其富贵而屈于人，宁贫贱而得自由也！"信陵君与平原君共留之，仲连不从，飘然而去。

时赵有处士毛公者隐于博徒，有薛公者隐于卖浆之家。信陵君素闻其贤名，使朱亥传命访之，二人匿不肯见。忽一日信陵君访问二人，知毛公在薛公之家，不用车马，单使朱亥一人跟随，便衣徒步，假作买浆之人，直至其家，与二人相见。二人方据炉共饮，信陵君遂直入，自通姓名，叙向来倾慕之意。二人走避不及，只得相见，四人同席而饮，尽欢方散。自此以后，信陵君时时与毛、薛二公同游，平原君闻知，谓其夫人曰："吾闻令弟天下豪杰，公子中无与为比。今乃日从博徒卖浆者同游，交非其类，恐损名誉。"夫人见信陵君述平原君之言，信陵君曰："吾前以为平原君贤者，故宁负魏王夺兵来救。今平原所与宾客，徒尚豪举，不求贤士也！无忌在国，时常闻赵有毛公、薛公，恨不得与之同游，今日为之执鞭，尚恐其不肯允我，平原君乃以为羞。何云好士乎？平原君非贤者，吾不可留！"即日命宾客束装，欲往他国。平原君闻信陵君束装，大惊，谓夫人曰："胜未敢失礼于令弟，为何忽然弃我而去？夫人知其故乎？"夫人曰："吾弟以君非贤,故不愿留耳。"因述信陵君之语。平原君掩面叹曰:"赵有二贤人,信陵君且知之,而吾不知,吾不及信陵君远矣!以彼形此,胜乃不得比于人类!"乃亲至馆舍,免冠顿首,谢其失言之罪。信陵君然后复留于赵。平原君门下宾客闻知其事,去而投信陵君者大半。四方宾客来游赵者,咸归信陵君,不复归平原君矣。

再说,魏王接得卫庆密信,言:"公子无忌果窃兵符,击杀晋鄙,代领其众前行救赵,并留臣于军中,不遣归国。"魏王怒甚,便欲收信陵君家属,又欲尽诛其宾客之在国者。如姬乃跪而请曰:"此非公子之罪,乃贱妾之罪,妾当万死!"魏王咆哮大怒问曰:"窃兵符者汝乎?"如姬曰:"妾父为人所杀,大王为一国之主,不能为妾报仇,而公子能报之。妾感公子深恩,恨无地自效。今见公子以念姊之故,日夜哀泣,贱妾不忍,故私窃兵符,使发晋鄙之军,以成其志。妾虽碎尸万段,亦无所恨!若收信陵君家属,诛其宾客,信陵兵败,甘服其罪,倘若得胜,将何以处之?"魏王沉吟半晌,怒气稍定,问曰:"汝虽窃符,必有传符之人。"如姬曰:"送递者颜恩也。"魏王命左右缚颜恩至,问曰:"汝何敢送兵符于信陵君?"曰:"奴婢不曾晓得什么兵符。"如姬目视颜恩曰:"向日我着你送花盒于信陵夫人,这盒内就是兵符了!"颜恩会意,乃大哭曰:"夫人吩咐奴婢,焉敢有违?那时只说送花盒去,盒子重重封固,奴婢岂知就里?今日屈死奴婢也!"如姬亦泣曰："妾有罪自当,勿累他人!"魏王喝教将颜恩放绑,下于狱中,如姬贬入冷宫,一面使人探听信陵君胜负消息,再行定夺。

约过了二月有余,卫庆班师回朝,将兵符缴上,奏道:"信陵君大败秦军,不敢还国,已留身赵都,多多拜上大王:'改日领罪。'"魏王问交兵之状,卫庆备细述了一遍,群臣皆贺,呼万岁。魏王大喜,即使左右召如姬于冷宫,出颜恩于狱,皆赦其罪。如姬参见谢恩毕,奏曰:"救赵成功,使秦国畏大王之威,赵王怀大王之德,皆信陵君之功也!信陵君乃国之长城,岂可弃之于外邦?乞大王遣使召回本国。"魏王曰:"彼免罪足矣,何得云功乎?"但吩咐:"信陵君名下应得邑俸,仍旧送去本府家眷支用。"自此,魏、赵俱太平无事。

荆轲刺秦王

话说，战国时，燕国太子丹入秦为质，多年不得回国。后见秦兵大举伐赵，知祸必及于燕。因私使人寄信于燕王，使作战守之备；又教燕王假称有病，差人请太子回国。燕王依其计，遣使至秦，秦王政（即秦始皇）曰："燕王不死，太子未可回国。如欲回国，除是乌头白，马生角，方可。"太子丹闻之悲泣，知秦王终不许其回国，乃定脱身之计，改服毁面，为人佣仆，出函谷关，是夜逃回。

既回国，恨秦王甚。乃大散家财，聚宾客，谋为报仇之举。访得勇士夏扶、宋意，皆厚待之。有秦舞阳者，年十三，白昼杀仇人于都市，市人畏不敢近。太子赦其罪，收列于门下。秦将樊於期因事得罪，逃燕，隐深山中，至是，闻太子好客，亦出身来投，丹待为上宾，在易水之东，筑一城以居之，名曰樊馆。燕太傅鞠武谏曰："秦，虎狼之国，方并吞诸侯，即使无隙，尚将生事，况收其仇人以为射的，如批龙之逆鳞，其伤必矣。愿太子速遣樊将军入匈奴以灭口，请西约三晋，南连齐楚，北结匈奴，然后乃可徐图也。"太子丹曰：

荆轲

燕公子丹

"太傅之计,旷日持久,丹心如焚炙,不能片刻安息。况樊将军穷困来归,是丹哀怜之交也!丹岂以强秦之故,而远乘樊将军于荒漠?愿太傅再为丹谋之。"鞠武曰:"夫以弱燕而抗强秦,如以毛投炉,无不焚也,以卵投石,无不碎也。臣智浅识寡,不能为太子划策。所识有田光先生,其人智深而勇沉,且多识异人,太子必欲谋秦,非田光先生不可。"太子丹曰:"丹未得交于田先生,愿因太傅而致之。"鞠武曰:"敬诺。"

鞠武即驾车往田光室中,告曰:"太子丹,敬慕先生,愿就而决事，愿先生勿却。"田光曰："太子，贵人也，岂敢屈车驾哉？即不以光为鄙陋，欲共谋事，光当往见，不敢自逸。"鞠武曰："先生不惜枉驾，此太子之幸也。"遂与田光同车，进太子宫中。太子丹闻田光来，亲出宫外迎接，执辔下车，前行为导，再拜致敬。田光既坐，太子丹屏退左右，跪而请曰："今日之势，燕秦不两立。闻先生智勇足备，能奋奇策，救燕须臾之亡乎？"田光对曰："臣闻：'骐骥盛壮之时，一日而驰千里；及其衰老，不及驽马。'今鞠太傅，但知臣盛壮之时，不知臣已衰老矣。"太子丹曰："料先生交游中，亦有智勇如先生少壮之时，可代为先生筹谋者乎？"田光摇首曰："大难！大难！虽然，太子自视门下客，可用者有几人，光请相之。"

太子丹乃尽召夏扶、宋意、秦舞阳至，与田光相见。田光一一相过，问其姓名。谓太子曰："臣观太子客，俱无可用者。臣所知有荆卿者，乃神勇之人，喜怒不形于色，似为胜之。"太子丹曰："荆卿何名？何处人氏？"田光曰："荆卿者，名轲，本齐大夫庆封之后。庆封奔吴，家于朱方，楚讨杀庆封，其族奔卫，为卫人。以剑术说卫元君，元君不能用。及秦拔魏东地，并濮阳为东郡，而轲复奔燕，改氏曰荆，人呼为荆卿。性喜饮酒。燕人高渐离者，善击筑，轲爱之，日共饮于燕市中。酒酣，渐离击筑，荆卿和而歌之。歌罢，辄涕泣而叹，以为天下无知己。此其人深沉有谋略，光万不如也！"太子丹曰："丹未得交于荆卿，愿因先生而致之。"田光曰：

"荆卿贫,臣每给其酒资,是必听臣之言。"太子丹送田光出门,以自己所乘之车奉之,使内侍为御。光将上车,太子嘱曰:"丹所言,国之大事也!愿先生勿泄于他人。"田光笑曰:"老臣不敢。"

田光上车,访荆轲于酒市中。轲与高渐离同饮半酣,渐离方调筑,田光闻筑音,下车直入,呼荆卿,渐离携筑避去。荆轲与田光相见,邀轲至其家中,谓曰:"荆卿尝叹天下无知己,光亦以为然。然光老矣,精衰力退,不足为知己驱驰。荆卿方壮盛,亦有意一试其胸中之奇乎?"荆轲曰:"岂不愿之,但不遇其人耳!"田光曰:"太子丹尊贤重客,燕国莫不闻之。今者,不知光之衰老,乃以燕秦之事谋及于光,光与卿相善,知卿之才,荐以自代,愿卿即过太子宫。"荆轲曰:"先生有命,轲敢不从?"田光欲激荆轲之志,乃抚剑叹曰:"光闻之:'长者行事,不使人疑。'今太子以国事告光,而嘱光勿

泄，是疑光也。光奈何欲成人之事，而受其疑哉！光请以死自明，愿足下急往报于太子。”遂拔剑自刎而死。

荆轲方悲泣，而太子复遣使来视："荆先生来否？"荆轲知其诚，即乘田光来车至太子宫，太子接待荆轲与田光无二。既相见，问："田先生何不同来？"荆轲曰："光闻太子有私嘱之语，欲以死明其不言，已伏剑死矣！"太子丹抚胸恸哭曰："田先生为丹而死，岂不冤哉！"

良久，收泪，推轲于上坐，太子丹避席顿首，轲慌忙答礼。太子丹曰："田先生不以丹为不肖，使丹得见荆卿，天与之幸，愿荆卿勿见鄙弃。"荆轲曰："太子所以忧秦者何也？"丹曰："秦，譬如虎狼，吞噬无厌，非尽收天下之地，臣海内之王，其欲未足。今韩王尽已纳地为郡县矣，王翦大兵又破赵，虏其王。赵亡，次必及燕，此丹之所以卧不安席，临食而废箸也。"荆轲曰："太子之计，将举兵与争胜负乎？抑别有他策耶？"太子丹曰："燕国小弱，屡困于兵，今赵公子嘉自称代王，欲与燕合兵拒秦。丹恐全国之众，不挡秦之一将，虽附以代王，未见其势之盛也。魏、齐素附于秦，而楚因远不相亲。诸侯畏秦之强，无肯'合纵'者。丹私有愚计：诚得天下之勇士，伪使于秦，诱以重利。秦王贪得，必相近。因乘间劫之，使悉反诸侯侵地，倘不从，则刺杀之。彼大将握重兵，各不相下，君亡国乱，上下猜疑，然后连合楚、魏，共立韩、赵之后，合力破秦，此乾坤再造之时也！愿荆卿留意焉!"荆轲沉思良久,对曰:"此国之大事也。臣驽下,恐不足当任使。"太子丹顿首再三请曰:"以荆卿高义,丹愿委命于卿,幸勿让!"荆轲再三谦逊,然后许诺。

于是尊荆轲为上卿,于樊馆之右,又筑一城,名曰荆馆,以奉荆轲。太子丹日到门问安,供以太牢,间进车骑美女,恣其所欲,唯恐其意之不适也。

轲一日与太子游东宫,观池水,有大龟出池旁。轲偶拾瓦投龟,太子丹捧金丸进之以代瓦。又一日,共试骑,太子丹有马日行千里,轲偶言马肝味美,须臾,疱人进肝,所杀即千里马也。丹又言及秦将樊於期得罪秦王,今在燕国。荆轲请见之,太子治酒于华阳之台,请荆轲与樊於期相会,出所幸美人奉酒,又使美人鼓琴娱客。荆轲见其两手如玉,赞曰:"美哉手也!"席散,丹使内侍用玉匣送物于轲,轲启视之,乃断美人之手。丹自明于轲,无所吝惜。轲叹曰:"太子待轲厚,乃至此乎!当以死报之!"

却说,荆轲平日常与人论剑术,少所许可,唯心服榆次人盖聂,自以为不及,与之深结为友。至是,轲受燕太子丹厚恩,欲西入秦,劫秦王,使人访求盖聂,欲邀请至燕,与之商议。因盖聂游踪未定,一时不能到来。太子丹知荆轲是个豪杰,朝夕敬事,不敢催促。忽边人报道:"秦王遣大将王翦北略地至燕南界,代王嘉遣使相约,一同发兵,共守上谷以拒秦。"太子丹大惧,言于荆轲曰:"秦兵旦暮渡易水,足下

虽欲为燕计,岂有及哉?"荆轲曰:"臣思之熟矣,此行倘无以取信于秦王,未可得近也。夫樊将军得罪于秦,秦王购其首,黄金千斤,封邑万家,而督亢膏腴之地,秦人所欲。诚得樊将军之首与督亢之地图,奉献秦王,彼必喜而见臣,臣乃得有以报太子。"丹曰:"樊将军穷困来归,何忍杀之? 若督亢地图,绝不敢惜。"

荆轲知太子丹不忍,乃私见樊於期曰:"将军得祸于秦,可谓深矣。父母宗族,皆已杀戮。今闻购将军之首,金千斤、邑万家,将军将何以雪其恨乎?"樊於期仰天太息,流涕而言曰:"某每一念及秦政,痛彻心髓! 愿与之俱死,恨未有其地耳!"荆轲曰:"今有一言,可以解燕国之患,报将军之仇者,将军肯听之乎?"於期急问曰:"计将安出?"荆轲踌躇不语。於期曰:"荆轲何以不言?"轲曰:"计诚有之,但难于出口。"於期曰:"苟能报仇,虽粉身碎骨,某所不惜,又何出口之难乎?"荆轲曰:"某之愚计,欲前刺秦王,而恐其不得近也。倘得将军之头,奉献于秦,秦王必喜而见臣。臣左手把其袖,右手斫其脑,则将军之仇报,而燕亦得免于灭亡之患矣。将军以为何如?"樊於期卸衣偏袒,奋臂顿足,大呼曰:"此臣之日夜切齿痛心,而恨其无策者! 今乃得闻明教。"即拔佩剑刎其颈。喉绝而颈未断,荆轲又以剑断之。

荆轲使人飞报太子曰:"已得樊将军头矣!"太子丹闻报,驰车至,伏尸而哭极哀,命厚葬其身,而以其头置木匣中。荆轲曰:"太子曾觅利匕首乎?"太子丹曰:"有赵人徐夫人,匕首长一尺八寸,甚利。丹以百金得之,使工人染以青药,曾以试人,若出血沾丝缕,无不立死。装以待荆卿久矣,未知荆卿行期何日?"荆轲曰:"臣有所善客盖聂未至,欲俟之以为副。"太子丹曰:"足下之客,如海中之萍,未可定也。丹之门下,有勇士数人,唯秦舞阳为最,或可以为副乎?"荆轲见太子十分急切,乃叹曰:"今提一匕首。入不测之强秦,此往而不返者也。臣所以迟迟,欲俟吾客,本图万全。太子既不能待,请行矣。"于是太子丹草就国书,只说献督亢之地,并樊将军之头,俱付荆轲,以千金为轲治装,秦舞阳为副使,同行。临行之日,太子丹与相厚宾客,知其事者,俱白衣

王

素冠,送至易水上,设宴饯行。高渐离闻荆轲入秦,亦持豚肩斤酒而至。荆轲使与太子丹相见,丹命入席同坐。酒行数巡,高渐离击筑,荆轲和而歌,为变徵之声,叹曰:"风萧萧兮易水寒,壮士一去兮不复还!"

声甚哀惨,宾客及随从之人,无不涕泣,有如临丧。荆轲仰面呵气,直冲霄汉,化成白虹一道,贯于日中,见者惊异。轲又慨慷为羽声歌曰:"探虎穴兮入蛟宫,仰天嘘气兮成白虹!"

其声激烈雄壮,众莫不瞋目奋励,有如临敌。于是太子丹复引卮酒,跪进于轲。轲一吸而尽,牵舞阳之臂,腾跃上

车，催鞭疾驰，竟不回顾。太子丹登高阜而望之，不见而止，凄然如有所失，带泪而返。

荆轲既至咸阳，知中庶子蒙嘉，有宠于秦王，先以千金赂之，求为先容。蒙嘉入奏秦王曰："燕王畏大王之威，不敢举兵，以迎军吏。愿举国为内臣，比于诸侯之列，奉贡如郡县，以守先人之宗庙。恐惧不敢自陈，谨斩樊於期之首，并献燕督亢之地图。燕王亲自函封，拜送使者于廷。今上卿荆轲在馆驿候旨，唯大王命之。"秦王闻樊於期已诛，大喜，乃朝服，设九宾之礼，召使者至咸阳宫相见。

荆轲藏匕首于袖，捧樊於期头匣，秦舞阳捧督亢地图，相随而进。将次升阶，秦舞阳面白如死人，似有震恐之状，侍臣曰："使者色变为何？"荆轲回顾舞阳而笑，上前叩首，谢曰："秦舞阳，乃北方蛮夷之人，生平未尝见天子，故不胜悚惧，易其常度。愿大王宽宥其罪，使得毕使于前。"秦王传旨，只许正使一人上殿，左右叱舞阳下阶。秦王命取头匣验之,果是樊於期之首,问荆轲:"何不早杀逆臣来献?"荆轲秦曰:"樊於期得罪大王,逃伏北漠,寡君悬千金之赏,购求得之。欲生致于大王,恐中途有变,故断其首,冀以稍抒大王之怒。"荆轲辞语从容,颜色愈和,秦王不疑。

　　时秦舞阳捧地图,俯首跪于阶下。秦王谓荆轲曰:"取舞阳所持地图来,与寡人观之。"荆轲从舞阳手中,取过地图,亲自呈上。秦王展图,方欲观看,荆轲匕首已露,当下左手把秦王之袖,右手执匕首刺其胸。未及身,秦王大惊,奋身而起,袖绝脱。那时五月初,所穿罗縠单衣,故易裂也。王座旁设有屏风,长八尺,秦王越而过之,屏风仆地。荆轲

持匕首在后紧追，秦王不能脱身，绕柱而走。

原来秦法群臣侍殿上者，不许持尺寸之兵，诸郎中宿卫之官，执兵戈者，皆陈列于殿下，非奉宣召，不敢擅自上殿。今仓促变起，不暇呼唤。群臣皆以手共击轲，轲勇甚，近者辄仆。有侍医夏无且，亦以药囊击轲，轲奋臂一挥，药囊俱碎。虽然荆轲勇甚，群臣没奈他何，却也亏着要打发众人，所以秦王东奔西走，不曾被荆轲拿住。秦王所佩宝剑，名鹿卢，长六尺。欲拔剑击轲，剑长鞘不能脱。有小内侍赵高急唤曰：“大王何不背剑而拔之？”秦王悟，依其言，把剑推在背后，前边便短，容易拔出。秦王勇力，不弱于荆轲。匕首尺余，只可近刺；剑长六尺，可以远击。秦王得剑在手，其胆便壮，遂直前来砍荆轲，断其左股。荆轲扑身倒于左边铜柱之旁，不能起立，乃举匕首以掷，秦王闪开。那匕首在秦王耳边过去，真刺入右边铜柱之中，火光迸出，秦王又以剑击轲，轲以手接剑，三指俱落。连中八剑，荆轲倚柱而笑，向秦王骂曰：“幸哉汝也！吾欲效曹沫故事，以生劫汝，反诸侯侵地，不意事之不就，被汝幸免，岂非天乎！然汝恃强力，并吞诸侯，享国亦岂长久耶？”左右争上前攒杀之。秦舞阳在殿下，知荆轲动手，也要向前，却被郎中等众人击杀。此秦王政二十年事也。

秦王心战目眩，呆坐半日，神色方才稍定。往视荆轲，轲双眼圆睁，宛如生人，怒气勃勃。秦王惧，命取荆轲、秦舞阳之尸,及樊於期之首,同焚于市中,燕国从者皆枭首分悬国门。遂起驾还内宫,宫中后妃闻变,俱前来问安,因置酒压惊称贺。

次早,秦王视朝,论功行赏,首推夏无且,以二百金赐之。曰:"无且爱我,以药囊投荆轲也。"次唤小内侍赵高曰:"'背剑而拔之。'赖汝教我。"亦赐黄金百镒。群臣中手击荆轲者,视有伤轻重加赏,殿下郎中人等,击杀秦舞阳者,亦俱有赐。蒙嘉误为荆轲先容,凌迟处死,灭其家。秦王怒气未息,乃愈发兵,使王贲将之,助其父王翦攻燕。燕太子丹不胜其愤,迎战于易水之西。燕兵大败,夏扶、宋意皆战死。丹奔蓟城,鞠武被杀。王翦合兵围之,十月城破。燕王喜谓太子丹曰:"今日破国亡家,尽由于汝。"丹对曰:"韩赵之灭!岂亦丹罪耶?今城中精兵,尚有二万,辽东负山阻河,尚足固守,父王宜速往。"燕王喜不得已,登车开东门而出。太子丹尽驱其精兵,亲自断后,护送燕王东行,远保辽东,都平壤。王翦攻下蓟城,告捷于咸阳,然积劳成病,一面上表告老。秦王曰:"太子丹之仇,寡人不能忘。然王翦诚老矣,使将军李信代领其众,以追燕王父子。"召王翦归,赐予甚厚。翦谢病,老于颍阳。燕王闻李信兵至,遣使求救于代王嘉,嘉乃报燕王书,略曰:"秦所以急攻燕者,以怨太子丹故也。王能杀丹以谢于秦,秦怒必解。燕之社稷,可以保矣。"燕王喜犹豫未忍,太子丹惧诛,乃与其宾客,逃匿于桃花岛。李信屯兵首山，使人持书数太子丹之罪。燕王喜大惧，佯召太子丹计事，以酒灌醉，缢杀之，然后断其首。

燕王将太子丹之首，送李信军中，为书谢罪。李信驰奏秦王，且言军人苦寒多病，求暂许班师。秦王谋于尉缭，尉缭奏曰：“燕栖于辽，赵栖于代，譬之游魂，不久自散。今日之计，宜先下魏，次及荆楚，二国既定，燕、代可不劳而下。”秦王曰：“善。”乃诏李信收兵回国。其后楚、魏既亡，秦国益强。至秦王政二十五年，燕、代二国，终为秦所灭。